http://www.ilgattoelaluna.it
http://www.facebook.com/pages/Il-Gatto-e-la-Luna-ebook-e-
fantasia/262201513853245
Contatti: info@ilgattoelaluna.it

ISBN: 978-88-96104-71-2
@2013 Il Gatto e la Luna editrice
"Lo Schiaccianoci"
di E.T.A. Hoffmann
Collana: Gatto Verde

Titolo originale dell'opera:
Nussknacker und Mauserkönig
Prima pubblicazione: 1816

Traduzione di Isabella Bella

INDICE:

E.T.A. HOFFMANN

LO SCHIACCIANOCI

Capitolo 1
La Vigilia di Natale

Per l'intera giornata del ventiquattro di dicembre i figli dell'ufficiale medico Stahlbaum non ebbero il permesso di entrare nel salotto, per non parlare dell'adiacente e magnifica sala da pranzo. Fritz e Marie sedevano rannicchiati in un angolo della stanzetta sul retro. Era calato profondo il crepuscolo, e i bambini avevano un po' paura perché, come era solito in quel giorno, nessuno aveva portato loro un po' di luce. Fritz sussurrò di nascosto alla sorellina (che aveva appena compiuto sette anni) che lui fin dal mattino presto aveva sentito dei fruscii, dei tintinnii nelle stanze chiuse. Inoltre non molto tempo prima aveva anche visto che un uomo basso e scuro, con una grande scatola sotto il braccio, era entrato furtivamente nel vestibolo, e Fritz aveva visto bene che non era altri che il padrino Drosselmeier.

Marie batté allegramente le mani ed esclamò: "Ah, chissà che bel regalo ci ha fatto stavolta!"

Il giudice di corte suprema Drosselmeier era tutt'altro che bello. Era basso e ossuto, aveva la faccia coperta di rughe e aveva una grossa benda nera invece dell'occhio destro. Era anche calvo, ecco perché portava una parrucca molto bella e artistica fatta di vetro filato. Il padrino era decisamente un artista che sapeva anche tantissime cose sugli orologi e sapeva perfino costruirli. Così se qualcuno dei begli orologi di casa Stahlbaum si ammalava e non cantava più, il padrino Drosselmeier arrivava, si levava la parrucca di vetro, si levava l'attillato panciotto giallo, si annodava un grembiule azzurro e infilava strumenti appuntiti tra gli ingranaggi. Era molto penoso per la piccola Marie, ma l'orologio non si faceva male per nulla. Anzi, si riprendeva perfino, e ricominciava a ticchettare, suonare e cantare allegro, per la gioia di tutti.

Ogni volta che Drosselmeier andava a trovarli portava qualcosa di bello per i bambini. In tasca poteva avere un omino che roteava gli occhi e faceva l'inchino, che a vedersi era comicissimo. Oppure Drosselmeier poteva avere una scatola dalla quale usciva saltellando un uccellino, oppure poteva avere qualcosa di completamente diverso. Ma per Natale Drosselmeier preparava sempre una straordinaria opera d'arte, che gli costava molto lavoro. Ecco perché, dopo aver mostrato il regalo, i loro genitori lo mettevano sempre via con cura.

"Ah, chissà che bei regali ci ha fatto!", esclamò Marie.

Fritz decise che quest'anno non poteva essere nient'altro che una fortezza, dove bellissimi soldatini d'ogni sorta si esercitavano e marciavano su e giù. Poi altri soldati sarebbero partiti all'attacco e avrebbero invaso la fortezza. Ma poi i soldati dentro coraggiosamente avrebbero sparato coi cannoni facendoli rombare e scoppiare.

"No, no!", Marie interruppe Fritz, "Il padrino Drosselmeier mi ha parlato di un bel parco con un enorme lago e con cigni meravigliosi che scivolano sull'acqua e indossano collane d'oro e cantano canzoni bellissime. Poi una bambina va al lago e attira i cigni, e li nutre con pezzetti di marzapane."

"I cigni non mangiano il marzapane", la interruppe sgarbatamente Fritz, "e il padrino Drosselmeier non può fare un parco intero. Per la verità non ci godiamo molto quei giocattoli. Ce li portano subito via. Preferisco quelli di mamma e papà. I loro regali possiamo tenerceli, e possiamo farci tutto quello che vogliamo."

Ora i bambini si misero a discutere di quel che avrebbero avuto dai loro genitori. Marie aveva la sensazione che la signorina Greta (la bambola grande) stesse cambiando profondamente. Perché, goffa come non mai, cadeva continuamente in terra. Questo non accadeva senza che le venisse un brutto sorriso, e sulla pulizia dei suoi vestiti non c'era neanche da parlarne. E farle una bella sgridata non serviva a niente. Anche mamma aveva sorriso contenta quando aveva visto l'ombrellino di Greta. Dal canto suo, Fritz aveva detto agli altri che alla sua stalla reale mancava un buon sauro, e che alle sue truppe mancava la cavalleria. Questo papà lo sapeva bene.

Perciò i bambini sapevano che i loro genitori avevano comprato bellissimi regali, che adesso stavano sistemando. Ma i bambini erano anche sicuri che il loro amato Gesù Bambino brillava su di loro con l'occhio pio e amico di un bambino. Ed erano egualmente convinti che ogni dono di Natale, se toccato da mano feconda, sapesse recare gioie meravigliose.

Fu la loro sorella maggiore, Luise, a ricordare quelle gioie ai bambini, che avevano continuato a sussurrare dei regali che si aspettavano. Aggiunsero anche che Gesù Bambino, tramite le mani dei loro cari genitori, portava sempre loro tutta la gioia e la felicità che potesse portare. Anzi, lui lo sapeva meglio di quanto non lo sapessero i bambini stessi, che non dovevano coltivare ogni sorta di speranze e desideri. Invece dovevano aspettare buoni e tranquilli i loro doni di Natale.

La piccola Marie si fece pensierosa, mentre Fritz mormorava tra sé: "Mi piacerebbe davvero avere un sauro e gli Ussari."

Ma adesso il buio era completo. Fritz e Marie, stretti l'uno all'altra, non osarono dire altro. Era come se fossero circondati da ali fruscianti, e riuscivano a sentire una musica splendida e lontana. Uno splendore luminoso lambì il muro, e i bambini capirono che Gesù Bambino se n'era appena andato su nuvole sfavillanti ed era volato da altri bambini felici.

In quel momento sentirono un vivace tintinnio argentino: "Din din din!"

La porta si spalancò e la luce che fece irruzione nella grande sala era così intensa che i bambini strillarono "Ah!", e si fermarono, pietrificati, sulla soglia.

Ma poi mamma e papà entrarono, presero i bambini per mano e dissero: "Venite, venite, bambini. Venite a vedere cosa vi ha portato Gesù Bambino."

Capitolo 2
I doni

Mi rivolgo a te, gentile lettore o ascoltatore... Fritz, Theodor, Ernst o qualunque sia il tuo nome, ti immagino distintamente seduto al tuo tavolo di Natale riccamente adorno di regali stupendi e multicolori. Puoi perciò immaginare come si fermarono i bambini, in silenzio e con gli occhi lucidi. Puoi immaginare come poi Marie abbia esclamato, con un profondo sospiro: "Ah! Che bello! Che bello!" e come Fritz abbia provato le sue capriole, che riuscirono benissimo. Evidentemente i bambini si erano comportati bene per tutto l'anno, perché non avevano mai avuto regali più belli e meravigliosi di ora.

Il grandissimo albero di Natale al centro era carico di mele d'oro e d'argento e da ogni ramo emergevano, come gemme e fiori, le mandorle candite, le caramelle colorate e chissà quante altre squisitezze. Però la cosa più bella e degna di lode dell'albero era la miriade di minuscole lucine che scintillavano come piccole stelle tra i rami scuri. E l'albero stesso, tutto illuminato, invitava cordialmente i bambini a cogliere i frutti e i fiori. Attorno all'albero tutto pareva magnifico e splendente... che cose meravigliose c'erano là sotto. E chi può descriverle tutte?

Marie vide bambole squisitissime, ogni sorta di piccoli attrezzi per le pulizie, e poi la cosa più bella di tutte: un vestito di seta, elegantemente guarnito con nastri variopinti, pendeva da una gruccia proprio di fronte a lei, così poteva osservare il vestito da ogni lato. E così fece, continuando a esclamare: "Oh, che bel vestito! Oh, che bellissimo vestito! E sono quasi certa che mi permetteranno anche di mettermelo!"

Intanto Fritz, trottando e galoppando tre o quattro volte attorno al tavolo, stava provando il nuovo sauro, che aveva trovato proprio sul tavolo, recintato. Smontando, Fritz pensò che il sauro fosse una bestia veramente selvaggia. Ma non importava, lui l'avrebbe sicuramente domata. Poi chiamò a raccolta il nuovo squadrone di Ussari, che erano magnificamente vestiti di rosso e oro e avevano armi d'argento. I cavalli che montavano erano così lustri che sembravano quasi fatti d'argento pure loro.

I bambini, ora un po' più calmi, volevano avventarsi sui libri illustrati, che erano aperti così uno poteva vedere tutti quegli splendidi fiori, e quelle persone in festa, e quei bellissimi bambini che giocavano. E le illustrazioni erano così naturali che sembravano veramente vive e in grado di parlare.

Sì, i bambini stavano per avventarsi su quei libri meravigliosi quando il campanello della porta suonò di nuovo. Sapendo che adesso il padrino Drosselmeier avrebbe offerto il suo regalo, i bambini corsero al tavolo che stava contro la parete. Lo schermo che aveva nascosto il tavolo per tanto tempo venne subito levato. E che cosa videro i bambini?

Su un prato verde abbellito da fiori colorati c'era un castello magnifico con lastre di vetro alle finestre e le torrette d'oro. Un carillon suonò, porte e finestre si aprirono e si videro dame minuscole ma molto eleganti e gentiluomini coi cappelli piumati e lunghi strascichi che passeggiavano per le camere. La stanza centrale aveva così tante candele accese nei candelieri d'argento che sembrava tutta splendente, e bambini coi vestiti corti e i giustacuore danzavano al suono del carillon. Un gentiluomo con una mantella color smeraldo spesso si affacciava a una finestra, faceva cenni agli spettatori e poi spariva di nuovo. Un altro che era identico al padrino Drosselmeier, ma che non era più grande del pollice di papà, certe volte stava giù, al portone del castello, e poi tornava dentro.

Coi gomiti poggiati sul tavolo, Fritz guardava il bel castello con le figurine che danzavano e passeggiavano. E poi disse: "Padrino Drosselmeier, mi fai entrare nel castello?"

Drosselmeier gli fece notare che questo era fuori questione. E aveva ragione. Perché era stupido da parte di Fritz voler entrare in un castello che, torrette dorate incluse, non era più alto di lui. E Fritz capì.

Dopo un po', visto che le dame e i gentiluomini stavano andando su e giù sempre allo stesso modo, i bambini danzavano, l'uomo color smeraldo si affacciava sempre alla stessa finestra e il padrino Drosselmeier si fermava sempre davanti al portone, Fritz domandò impaziente: "Padrino Drosselmeier, ma perché non esci da quella porta laggiù?"

"Non si può fare, caro Fritz", rispose Drosselmeier.

"Allora entra", continuò Fritz, "Fa' andare l'uomo in verde a passeggio con gli altri. Si affaccia continuamente."

"Non si può fare neanche questo", rispose ancora Drosselmeier.

"Allora di' ai bambini di scendere", esclamò Fritz, "Voglio vederli più da vicino."

"Oh, non si può fare nulla di tutto questo", rispose, seccato,

Drosselmeier, "I meccanismi sono fissati, ed è così che devono fare."

"Davveeero?", disse Fritz con voce strascicata, "Non si può fare niente? Senti, padrino Drosselmeier, se quelle cosine raffinate nel castello non sanno fare altro che ripetersi continuamente, allora non valgono molto, e a me non piacciono tanto. Ora devo andare a elogiare i miei Ussari. Loro sanno marciare avanti e dietro, possono fare tutto quello che voglio e non se ne stanno chiusi in una casa."

E con queste parole Fritz saltò giù dal tavolo del castello, fece saltare la sua truppa su e giù dai loro cavalli d'argento, e li fece trottare, voltare, colpire e sparare finché ne ebbe voglia.

Anche Marie si era allontanata furtivamente, perché anche lei si era stancata presto dei balli e delle passeggiate delle piccole bambole nel castello; anche se, educata e garbata com'era, non disse ad alta voce quanto era stufa come aveva fatto Fritz.

Drosselmeier, piuttosto offeso, disse ai genitori: "Opere d'arte così non sono adatte a bambini insensibili. Adesso rimetto via il mio castello."

Però intervenne la mamma, che chiese al padrino di spiegare la costruzione interna, e il meraviglioso e ingegnoso meccanismo che faceva muovere quelle minuscole bambole. Il consigliere smontò tutto e poi lo rimontò. E lavorando tornò allegro e diede ai bambini delle deliziose bamboline, uomini e donne, marroni con le mani, le gambe e le facce dorate. Erano tutti fatti di ottimo pan-di-zenzero ed erano così dolci e buoni che a Fritz e Marie piacquero moltissimo.

Luise, come mamma aveva sperato, aveva indossato il bel vestito di seta che era uno dei suoi regali, e aveva un aspetto magnifico. Però quando stava per indossare il suo vestito, Marie pensò che preferiva guardarlo ancora un po', e la mamma acconsentì.

Capitolo 3
Il protégé

Per la verità Marie non voleva lasciare il tavolo di Natale, perché aveva scoperto qualcosa che nessun altro aveva notato. La passata in rassegna degli Ussari di Fritz, che avevano sfilato proprio rasente l'albero, aveva rivelato un eccellente ometto che se ne stava lì, quieto e modesto come se stesse attendendo il suo turno con calma. Certo, in quanto alla sua statura c'era molto da obiettare; perché a parte il fatto che la parte superiore del corpo, lunga e possente, mal si abbinava alle gambe sottili e ossute, allo stesso modo la testa sembrava fin troppo grande.

In larga misura lo si perdonava per i bei vestiti, che rendevano l'idea di un uomo di buon gusto e buona educazione. Dopotutto, portava maniche da paggio, viola, molto belle e lucide, con su innumerevoli nastri e bottoni. Portava anche bellissimi pantaloni e i più begli stivali alla caviglia che abbiano mai adornato i piedi di uno studente, e ancor meno di un ufficiale. Quegli stivali erano aderenti alle gambe delicate come fossero fatti su misura. Ed era buffo che avesse messo un berretto da minatore completando la tenuta sulla schiena con una mantella sottile e sgraziata che pareva di legno.

Intanto Marie si era accorta che anche il padrino Drosselmeier si era buttato sulle spalle un'orrenda giacca a coda di rondine e aveva messo un bruttissimo cappello. Ma era pur sempre un caro padrino. Allo stesso modo, Marie si era messa a riflettere che per quanto fosse delicato l'omino, il padrino non sarebbe mai stato attraente quanto lui. Quell'omino era immediatamente piaciuto alla bambina, e più lei lo guardava più capiva che faccia dolce e gentile avesse. Gli occhi verde chiaro e sporgenti promettevano solo affetto e benevolenza. Era un bene che l'omino avesse sotto il mento una barba ben tenuta di ovatta bianca, dal momento che con quella il dolce sorriso e le labbra rosse si vedevano meglio.

“Ah!”, esclamò Marie alla fine, “Ah! Papà, di chi è quel bell'omino che se ne sta laggiù sotto l'albero?”

“Lui?”, rispose papà, “Lui, bambina mia, dovrà lavorare duro per tutti noi. Dovrà aprirci le noci. E appartiene a Luise, come appartiene a Fritz e come appartiene a te.”

Papà allora lo tolse con cura dal tavolo e, sollevando il mantello di legno, l'omino spalancò la bocca a mostrò due file di dentini aguzzi e bianchissimi. Quando le dissero di farlo, Marie v'infilò una noce e CRACK CRACK! Lui la masticò, il guscio cadde e il dolce gheriglio finì nella mano di Marie.

A questo punto tutti, inclusa Marie, sapevano che quell'omino elegante era un membro della dinastia degli Schiaccianoci e che praticava la sua professione.

Lei strillò per la felicità, e allora suo padre disse:

"Dal momento, Marie, che il nostro amico Schiaccianoci ti piace così tanto, lo difenderai e lo proteggerai tu anche se, come ho già detto, Luise e Fritz hanno il diritto di usarlo quanto te."

Sollecita, Marie prese lo Schiaccianoci tra le braccia e gli fece spaccare le noci, anche se sceglieva sempre quelle più piccole. In questo modo l'ometto non avrebbe dovuto aprire troppo la bocca, cosa che fondamentalmente non era molto bella. Luise si unì a Marie e l'amico Schiaccianoci dovette fare il suo dovere anche per lei, cosa che parve non dispiacergli perché continuò a sorridere amabilmente tutto il tempo.

Fritz, intanto, si era stancato di andare a cavallo e fare esercitazioni, e quando sentì il bel rumore delle noci che venivano spaccate corse dalle sorelle e si mise a sghignazzare per quel curioso ometto. Ora che anche Fritz voleva le noci, l'ometto passò di mano in mano, incapace di smettere di aprire e chiudere la bocca. E Fritz continuava a cacciargli in bocca le noci più grandi e più dure. E all'improvviso si sentirono due schiocchi. Tre dentini caddero dalla bocca dello Schiaccianoci e tutta la sua mascella inferiore pencolò cascante.

"Oh, mio povero, piccolo Schiaccianoci", esclamò Marie strappandolo dalle mani di Fritz.

"È uno stupido ingenuo", disse Fritz, "Vuole fare lo schiaccianoci ma non ha denti decenti. Probabilmente non sa fare il suo lavoro. Dammelo, Marie! Dovrà schiacciarmi altre noci, anche a costo di perdere tutti i suoi ultimi denti. Pure tutta la mascella. Che me ne importa di quel buono a nulla?"

"No! No!", pianse Marie, "Non te lo do, il mio Schiaccianoci! Guarda come mi guarda triste e mi fa vedere la sua boccuccia ferita! Ma tu sei senza cuore, Fritz. Picchi il tuo cavallo e fai sparare ai tuoi soldati."

"Tu non capisci, è così che devono andare le cose", esclamò Fritz, "E comunque lo Schiaccianoci è mio quanto tuo. Dammelo!"

Marie cominciò a singhiozzare e avvolse subito lo Schiaccianoci ferito nel suo fazzolettino. Arrivarono i genitori col padrino Drosselmeier e, con grande delusione di Marie, si schierarono dalla parte di Fritz.

Però papà disse: "Ho intenzionalmente affidato lo Schiaccianoci alla protezione di Marie. E adesso che vedo che lei ha bisogno di lui, avrà pieni poteri sullo Schiaccianoci senza intromissioni da parte di chiunque. A proposito, mi sorprende moltissimo che Fritz pretenda ulteriori sforzi da qualcuno che si è ferito in servizio. Dopotutto, da buon militare, dovrebbe saperlo che i soldati feriti non si schierano mai in battaglia."

Fritz se ne vergognò molto e, senza più pensare alle noci e agli Schiaccianoci, se ne andò quatto quatto dall'altra parte del tavolo. Lì, dopo aver sistemato avamposti adeguati, gli Ussari si erano ritirati negli alloggiamenti notturni.

Marie cercò i dentini persi dallo Schiaccianoci. Attorno al mento ferito dell'ometto avvolse un bellissimo nastro bianco, che aveva preso dal suo vestito per farne una benda.

Il povero ometto era pallidissimo e spaventato, e perciò Marie dovette avvolgerlo con più cura di prima nella stoffa. Cullandolo tra le braccia come un bambino, guardò le bellissime immagini di un libro illustrato che stava tra gli altri regali.

Contrariamente al suo solito comportamento, Marie si arrabbiò veramente tanto quando il padrino Drosselmeier si mise a ridere e le chiese come facesse a essere ancora così carina nonostante quell'orribile ometto. Le venne in mente il bizzarro paragone che, a prima vista, aveva fatto tra lo Schiaccianoci e Drosselmeier, e lo disse con fervore:

"Chi lo sa, caro padrino? Forse se ti agghindassi come il mio caro Schiaccianoci, e se ti mettessi degli stivali lucidi belli come i suoi, forse potresti essere anche tu bello come lui."

Marie non capì perché i suoi genitori si mettessero a ridere, e perché il giudice di corte suprema arrossisse senza ridere poi tanto. Evidentemente doveva esserci un motivo speciale.

Capitolo 4
Meraviglie

Entrando in casa del consigliere medico, trovereste un alto armadio a vetri sull'ampia parete alla vostra sinistra. Le mensole conservavano tutti i bei regali che i bambini ricevevano ogni anno. Luise era ancora molto piccola quando papà aveva ordinato quell'armadio da un abile ebanista. L'uomo aveva sistemato benissimo le vetrate. Sapeva proprio come preparare la teca da esperto, e così ogni cosa che c'era dentro sembrava quasi più luminosa e bella di quando la si prendeva in mano.

La mensola più in alto, irraggiungibile per Marie e Fritz, custodiva le opere d'arte di Drosselmeier. Subito sotto c'era la mensola dei libri illustrati. Le due mensole più in basso erano di Fritz e Marie, che potevano riempirle a loro piacimento. Ma di solito Marie assegnava la mensola più bassa alle sue bambole, mentre sullo scaffale sopra Fritz conduceva le sue truppe nei loro quartieri.

Lo stesso accadeva oggi. Mentre Fritz aveva dislocato gli Ussari di sopra, Marie aveva messo da parte la vecchia signorina Greta e aveva messo la nuova bambola tutta agghindata nella stanza elegantemente ammobiliata, e lei si era auto-invitata a mangiare qualche delizioso dolcetto con Marie.

La stanza era ammobiliata veramente con eleganza. L'ho già detto, ed è vero. Perché non so se voi, lettori attenti quanto Marie, siete come la signorina Stahlbaum (sapete già che si chiama anche Marie). Ah! Io mi chiedo se qualche altra bambina abbia un piccolo, delizioso sofà a fiori come questa Marie. E avrà anche diverse graziosissime seggioline, un delicato tavolino da tè e, soprattutto, un lettino nuovo fiammante in cui far dormire le bambole?

Tutte queste cose erano in un angolo dell'armadio, le cui pareti erano coperte qua e là da quadretti multicolori. Perciò capirete come si trovasse meravigliosamente bene in questa stanza la bambola nuova che, come aveva scoperto Marie quella sera stessa, si chiamava Clara.

Era sera inoltrata. Anzi, era quasi mezzanotte, e Drosselmeier se n'era tornato a casa già da molto tempo. Però Marie e Fritz non riuscivano ad abbandonare l'armadio a vetri, per quanto la mamma continuasse a ordinare loro di andare finalmente a letto.

"È vero!", esclamò Fritz alla fine, "Poveracci!", e intendeva gli Ussari, "Anche loro vogliono riposare. E finché resto qui nessuno di loro si azzarda a chiudere occhio. Lo so già!"

Fritz se ne andò, ma Marie continuò a supplicare: "Ancora un pochino, per favore, mammina. Fammi stare alzata ancora un pochino. Ho ancora un paio di cose da fare. Quando ho finito, me ne vado subito a letto."

Marie era una bambina devota e giudiziosa, e perciò la mamma non ebbe problemi a lasciarla ancora un po' da sola con i suoi giocattoli.

Però allo stesso tempo la mamma non voleva che Marie fosse così presa dalla sua nuova bambola e dai suoi bei giocattoli da dimenticarsi di spegnere le candele che ardevano accanto all'armadio, perciò le spense lei e l'unica luce che rimase accesa fu quella del lampadario sospeso al centro della stanza che mandava una luce soffusa e delicata.

"Vieni presto, Marie. Altrimenti domani non ti alzi in tempo!", esclamò la mamma ritirandosi in camera sua.

Non appena rimase sola, Marie andò svelta a fare quel che aveva davvero in mente e che non poteva raccontare alla mamma, anche se non sapeva perché. Marie aveva ancora lo Schiaccianoci ferito avvolto nel fazzoletto, e lo prese in braccio. Lo posò con delicatezza sul tavolo, lo svolse pian pianino e si prese cura delle sue ferite. Lo Schiaccianoci era molto pallido, ma sorrideva così malinconico e amabile che il suo sorriso la colpì dritto al cuore.

"Ah, caro, piccolo Schiaccianoci", mormorò dolcemente, "Ti prego, non avercela con me se mio fratello Fritz ti ha fatto tanto male. Non voleva farlo davvero. Ha solo il cuore un po' indurito a causa della vita militare. Per il resto è un bravo ragazzo su cui poter sempre contare. Ma ora voglio curarti teneramente finché non sarai perfettamente guarito. In quanto a rimetterti i denti e a raddrizzarti le spalle, questo può farlo il padrino Drosselmeier, perché lui è un esperto in queste cose."

Però Marie non riuscì a finire la frase, perché come pronunciò il nome di Drosselmeier la faccia dello Schiaccianoci si distorse in modo quasi diabolico e i suoi occhi mandarono, di fatto, lampi verdi. Ma prima ancora che Marie potesse dire "Ah!", stava di nuovo guardando il volto onesto e il mesto sorriso dello Schiaccianoci. E allora si accorse che era stato un colpo di vento e il rapido tremolio del lampadario a distorcerne completamente i lineamenti.

"Che scema che sono! Mi spavento così facilmente da credere che questa piccola bambola di legno possa fare le smorfie. Però lo Schiaccianoci mi piace così tanto perché è così buffo, e anche tanto gentile, ecco perché bisogna curarlo bene."

Marie prese lo Schiaccianoci per un braccio, andò all'armadio a vetri, vi si accovacciò davanti e parlò alla bambola nuova: "Per piacere, bella Clara, ti prego di lasciare il tuo letto allo Schiaccianoci, che è ferito. Tu puoi arrangiarti sul divano. Non dimenticare che tu sei forte e sana, altrimenti non avresti quelle belle guance rosse. E non dimenticare che pochissime bambole, perfino tra le più splendide, hanno divani morbidi come quello."

Col suo bell'abito natalizio, la signorina Clara parve molto nobile e molto arrabbiata, e non disse una parola.

"Ma perché mi agito tanto?", disse Marie.

Tolse la bambola dal letto, vi mise ben rimboccato e molto dolcemente lo Schiaccianoci e poi lo bendò delicatamente con un bel nastrino. Di solito quel nastrino se lo metteva lei, ma stavolta lo usò per fasciare le spalle ferite dello Schiaccianoci e lo coprì fino al naso.

"Ma non deve rimanere con quella monella di Clara", continuò Marie. Tirò fuori il lettino (con dentro lo Schiaccianoci) e lo mise sulla mensola più in alto. In questo modo il lettino stava proprio di fianco al bellissimo villaggio dov'erano alloggiati gli Ussari di Fritz.

Marie chiuse a chiave l'armadio e stava per andarsene in camera sua quando... ascoltate, bambini!... quando si accorse di un debole mormorio, e un sussurro, e un frusciare tutt'attorno, dietro il forno, dietro le sedie, dietro l'armadio. L'orologio a muro emise un ronzio sempre più forte ma non riuscì a rintoccare.

Marie alzò lo sguardo. Il grande gufo dorato appollaiato sull'orologio aveva abbassato le ali, coprendo il quadrante e sporgendo la brutta testa rotonda col naso ricurvo. I rumori si fecero più forti, e le parole divennero chiare: "Orologio tic toc! Orologio, tic toc! Bisogna fare piano, ronza piano, il Re dei Topi ha l'orecchio fine. Bzzz, bzzz, bzzz. Rintocca, campana, ben presto saranno di meno."

E il ronzio risuonò sordo e rauco per dodici volte.

Marie cominciò a tremare spaventata e sarebbe scappata via per il terrore se non avesse visto il padrino Drosselmeier, che sedeva sull'orologio al posto del gufo, con le code del cappotto giallo che penzolavano come ali.

Perciò Marie riacquistò il controllo di se ed esclamò, ad alta voce e sul punto di piangere:

"Padrino Drosselmeier, padrino Drosselmeier, che ci fai lassù? Scendi e smettila di farmi paura, cattivo padrino Drosselmeier."

Ma adesso cominciavano freneticamente risatine e fischi dappertutto e, di fatto, migliaia di piedini presero a trottare e a correre dietro le pareti, e di fatto piccole candeline guizzarono tra le crepe dell'assito del pavimento. Però non erano candeline, no! Erano piccoli occhi sfavillanti. E Marie si accorse che erano topi che scrutavano e si disponevano ovunque.

Ben presto la stanza risuonò di corse, saltelli, e più vispe e fitte squadre di topi galopparono avanti e indietro e alla fine si allinearono nei ranghi, proprio come Fritz disponeva i suoi soldatini prima di una battaglia.

Marie pensò che fosse molto buffo perché, a differenza di certi altri bambini, non provava un naturale ribrezzo per i topi. Anzi, era sul punto di perdere ogni paura avesse potuto avere, quando all'improvviso la stanza cominciò a risuonare di fischi così acuti e così bizzarri che dovette rimettersi a tremare. Ah, ma che vide adesso?

No, davvero, mio rispettabile lettore Fritz, io lo so che tu hai il cuore al posto giusto proprio com'è il cuore del saggio e impavido generale Fritz Stahlbaum. Ma se tu avessi visto quel che vide Marie adesso, saresti veramente scappato. Credo anche che saresti saltato nel letto e ti saresti tirato la coperta sopra le orecchie, pure più del necessario.

Ah, la povera Marie non poteva neppure fare questo. Perché ascoltate, bambini. Proprio davanti ai suoi piedi, come spinti da una forza sotterranea, dal terreno zampillarono sabbia, calcinacci e pietre sgretolate, e sette teste di topo con sette corone scintillanti si profilarono sul pavimento, sibilando e fischiando in maniera intollerabile.

Ben presto il corpo del topo al cui collo erano attaccate le sette teste, allo stesso modo, uscì completamente fuori, e quel grosso topo adorno di sette diademi esultò in coro. Squittendo forte per tre volte, il topo si rivolse verso l'intera armata, che improvvisamente cominciò a muoversi. Hop hop hop, andò dritto verso l'armadio, dritto verso Marie, che stava proprio accanto alla porta a vetri.

Il cuore di Marie batteva così forte per il terrore, che lei temeva potesse saltarle fuori dal petto, e allora sarebbe morta. Ma ora le sembrò che il sangue le si gelasse nelle vene. Sentendosi venir meno, barcollò all'indietro, sentì un TLING TLING e la vetrata dell'armadio, che Marie aveva urtato col gomito, cadde in frantumi.

In quell'istante Marie sentì un dolore acuto al braccio sinistro, ma il suo cuore all'improvviso fu più leggero. Non sentiva più squittire o pigolare. Tutto era tranquillo. E anche se non volle guardare, pensò che i topi si fossero ritirati nei loro buchi, spaventati dal tintinnio dei frammenti di vetro.

Ma cosa succedeva adesso?

Dietro Marie si sentivano adesso strani rumori provenienti dall'armadio, e voci sottilissime risuonarono: "Sveglia! Sveglia! Questa è la notte della battaglia! Sveglia, sveglia per la battaglia!", e armoniose campanelle tintinnarono soavemente.

"Ah, questo è il mio carillon", disse Marie sobbalzando.

Poi vide una luce insolita nell'armadio, un crepitio, un brusio. C'erano diverse bambole che correvano qua e là e litigavano con le loro braccia magrissime.

All'improvviso lo Schiaccianoci si mise a sedere, gettò via la coperta e balzò fuori dal letto gridando: "Crak crak crak! Stupidissimi topi! Crak crak crak! Subirete lo scacco!", e con queste parole lo Schiaccianoci sguainò la sua piccola spada, l'agitò in aria e gridò: "Voi, cari amici, vassalli e fratelli, volete aiutarmi nella dura battaglia?"

Tre Scaramouche risposero immediatamente, come pure un Pantalone, quattro spazzacamini, due suonatori di cetra e un tamburino: "Sissignore, ci sottomettiamo a voi con ferma devozione, e con voi marceremo verso morte, lotta e vittoria!"

E seguirono l'ardente Schiaccianoci, che ebbe l'ardire di compiere il pericoloso balzo dallo scaffale alto. Per loro fu inutile saltare. Perché non solo indossavano ricchi indumenti di stoffa e seta, ma al loro interno non avevano altro che paglia e ovatta. Ecco perché caddero giù come tanti sacchi di lana.

Il povero Schiaccianoci, invece, si sarebbe certamente rotto le braccia e le gambe. Perché -immaginate- c'erano quasi due piedi[1] d'altezza dallo scaffale dove stava al fondo, e il suo corpo era fragile perché era fatto di legno di tiglio intagliato. Sì, lo Schiaccianoci si sarebbe sicuramente rotto le braccia e le gambe se, nel momento del salto, la signorina Clara non fosse saltata anche lei dal divano afferrando la spada che lui agitava in aria.

---

1 Due piedi sono circa sessanta centimetri (NDR)

"Ah, cara, dolce Clara!", singhiozzò Marie, "Quanto ti avevo frainteso! Saresti stata certamente felice di cedere il tuo lettino all'amico Schiaccianoci."

Ma la signorina Clara parlò, stringendosi dolcemente il giovane eroe al petto di seta: "Se non volete, signore, debole e ferito come siete, unirvi alla lotta e al periglio, vedete allora come i vostri coraggiosi vassalli, bellicosi e certi della vittoria, si radunano. Scaramouche, Pantalone, Spazzacamini, Suonatore di Cetra e Tamburino sono già scesi. E le figure degli stemmi sulla mia mensola palpitano e battono visibilmente. Volete, signore, riposare tra le mie braccia e guardare la vittoria dal mio cappello piumato?"

Queste furono le parole di Clara. Ma lo Schiaccianoci era indomabile e calciò Clara così forte che lei lo lasciò cadere in terra. Però in quell'istante lo Schiaccianoci si mise educatamente in ginocchio e le disse, sussurrando:

"Oh, mia signora, ricorderò il vostro fascino e la vostra leggiadria durante la lotta e la battaglia."

Clara si chinò così tanto da poter afferrare il braccio magrissimo dello Schiaccianoci e tirarlo su dolcemente. Poi rapidamente si levò la cintura tutta lustrini e stava per appenderla al collo dello Schiaccianoci, ma lui arretrò di due passi, si portò una mano al petto e disse, solenne:

"Oh, mia signora, non voglio certo buttare via la benevolenza che avete verso di me", balbettò, prese fiato, e poi si strappò dalle spalle il nastro di Marie. Si portò il nastro alle labbra e poi se lo annodò alla vita come la cintura di un ufficiale. Poi, roteando spavaldamente la spada snudata, rapido e agile balzò come un uccellino oltre il bordo e sul pavimento. Dovete sapere, miei gentili e ottimi lettori, che quando lo Schiaccianoci aveva preso vita aveva chiaramente compreso tutto l'amore e la gentilezza che Marie gli aveva dimostrato. E poiché lei era stata così buona lui non aveva voluto accettare la cintura di Clara, anche se luccicava ed era molto bella. Il fedele Schiaccianoci preferiva agghindarsi col semplice nastro di Marie.

Cosa accadde poi?

Quando lo Schiaccianoci balzò in terra, gli squittii ripresero.

Ah! Le odiose squadre di innumerevoli topi erano sotto il tavolo, e l'orribile topo con sette teste si profilava su tutti.

E poi?

Capitolo 5
La battaglia

"Tamburino, mio fedele vassallo, suona la marcia generale!", gridò lo Schiaccianoci. All'istante il Tamburino rullò con tanta maestria, che i pannelli di vetro dell'armadio tremarono. All'interno si sentì scricchiolare e Marie si accorse che si trattava dei coperchi delle scatole in cui Fritz aveva alloggiato i suoi battaglioni. I coperchi saltarono in aria con violenza e i soldati presero a saltare fuori, e poi giù sullo scaffale più in basso, dove si radunarono in squadre lucenti.

Lo Schiaccianoci correva su e giù, dicendo alle truppe parole d'entusiasmo: "Non c'è neanche un cane di trombettiere a muoversi qui?", gridò arrabbiato. Poi si voltò di scatto verso Pantalone, che impallidì col naso che gli tremolava. Lo Schiaccianoci parlò con solennità:

"Generale, so bene quanto siete coraggioso ed esperto. I nostri obiettivi sono una rapida ricognizione e un'azione veloce. Vi affido il comando della cavalleria e dell'artiglieria. Non vi serve un cavallo: avete gambe lunghe e potete galoppare discretamente. Mettete in pratica la vostra vocazione."

Immediatamente Pantalone si premette le dita lunghe e secche contro la bocca e lanciò un grido così lacerante che era come se cento trombe squillanti stessero suonando allegramente. Dall'armadio vennero nitriti e scalpiccii, e guardate: i Corazzieri e i Dragoni di Fritz, e soprattutto i nuovi, scintillanti Ussari, marciarono fuori e subito dopo si fermarono sul pavimento.

Reggimento dopo reggimento, sfilarono davanti allo Schiaccianoci con le bandiere sventolanti, i pifferi e i tamburi, e si disposero nei ranghi sul pavimento. Poi rotolarono giù, sferragliando, i cannoni di Fritz, circondati dai cannonieri[2], e poi BUM BUM, i cannoni spararono. E Marie vide le palline di zucchero che si fracassavano sule file di topi, che finirono coperti di polvere bianca e pieni di vergogna. Soprattutto, però, riportarono ingenti danni da parte della batteria pesante, che era salita sul poggiapiedi di mamma e BUM BUM, lanciava pan-di-zenzero sotto i piedi dei topi facendoli cadere.

Ma poi i topi si avvicinarono sempre di più, e travolsero perfino

---

2   Cannonieri intesi come soldati che manovrano i cannoni, non come calciatori (NDR)

alcuni cannoni, che suonavano PRRR PRRR, e tra il fumo e la polvere Marie poteva a stento vedere cosa stava succedendo. Ma una cosa era certa: ogni reparto combatteva con suprema veemenza e per molto tempo la vittoria altalenò. I topi continuavano a crescere in massa, e le minuscole palline argentate, che gettavano con grande abilità, colpivano adesso l'interno dell'armadio. Clara e Greta correvano qua e là disperate torcendosi le manine.

"Devo morire nel fiore della mia giovinezza? Io che sono una bambola così bella?", strillava Clara.

"Mi sono conservata così bene per morire tra le mie quattro mura?", gridava Greta.

Si gettarono l'una tra le braccia dell'altra, e strillavano così forte che le si sentiva anche con tutto quel baccano. Perché, gentile lettore, tu puoi farti appena un'idea del frastuono che era appena cominciato.

Era un PRRR PRRR PAM PIM TARATARATA BUM BUM BUM tutto mescolato assieme.

Il Re dei Topi e i suoi topi squittivano e strillavano, poi si sentiva di nuovo la fortissima voce dello Schiaccianoci che dava ordini, e tutti videro lo Schiaccianoci marciare alla testa dei battaglioni che stavano sulla linea del fuoco. Pantalone lanciò alcuni attacchi di cavalleria e si coprì di gloria.

Ma gli Ussari di Fritz vennero bersagliati dalle pallottole brutte e puzzolenti dell'artiglieria dei topi, che lasciarono macchie maleodoranti sui loro farsetti rossi, ecco perché non vollero andare avanti.

Inoltre Pantalone ordinò loro di piegare a sinistra. E nell'entusiasmo del comando, lo fece di nuovo, così Dragoni e Corazzieri piegarono a sinistra un'altra volta e se ne tornarono indietro. Nel fare così, misero in pericolo la batteria appollaiata sul poggiapiedi. E non passò molto che una squadra di detestabili topi si lanciò in una carica così potente al poggiapiedi che lo ribaltò con tutti i cannoni e i cannonieri. Lo Schiaccianoci, che parve sbalordito, ordinò la ritirata all'ala di destra. E tu lo sai, mio esperto Fritz, che una ritirata è quasi lo stesso di una fuga. E già ti unisci a me nel dolore per la sventura toccata all'esercito di Marie e del caro Schiaccianoci.

Ma distogli lo sguardo dal disastro e osserva l'ala sinistra dell'esercito dello Schiaccianoci: lì andava ancora tutto bene e ci si poteva aspettare molto dal generale e dall'armata. Durante i momenti più infuocati della battaglia, zitti zitti, gruppi della cavalleria dei topi vennero allo scoperto da sotto l'armadio e, tra squittii raccapriccianti e rumorosi, si lanciarono sull'ala sinistra dell'esercito dello Schiaccianoci. Ma che resistenza incontrarono! Lentamente, per quanto lo permettessero le asperità del terreno, dovettero oltrepassare il bordo dell'armadio. I reparti che portavano gli stemmi erano avanzati sotto la guida di due imperatori cinesi, e si erano disposti in quadrato.

Quelle truppe coraggiose, splendide e colorate, formate soprattutto da giardinieri, tirolesi, tungusi, barbieri, Arlecchini, cupidi, leoni, tigri, scimmioni e scimmiette dalla coda lunga, combatterono con grande coraggio, profonda compostezza ed enorme resistenza. Questo battaglione d'élite, dimostrando audacia spartana, avrebbe strappato la vittoria al nemico se un intrepido capitano della cavalleria nemica non si fosse temerariamente tuffato in avanti mordendo la testa di uno degli imperatori cinesi che, cadendo, ammazzò due tungusi e una scimmietta dalla coda lunga. Il risultato fu un buco dal quale il nemico entrò, e ben presto il battaglione venne mangiucchiato tutto. Ma il nemico guadagnò ben poco da questa atrocità. Proprio mentre il topo assetato di sangue stava stava azzannando un eroico nemico, a quel topo andò di traverso un pezzetto di carta e morì subito. Ma questo fu forse d'aiuto per l'esercito dello Schiaccianoci che, avendo cominciato la ritirata, si allontanava sempre di più, perdendo sempre più uomini, così che lo sfortunato Schiaccianoci rimase solo con una piccola squadra davanti all'armadio a vetri?

"Le riserve si facciano avanti. Pantalone, Scaramouche, Tamburino. Dove siete?", strillava lo Schiaccianoci sperando nell'arrivo di nuove truppe, che sarebbero dovute uscire dall'armadio a vetri. Invece emersero pochi uomini e donne marroni, di pan-di-zenzero, con le facce, i cappelli e in più anche gli elmi dorati. Ma quando combattevano erano così goffi che non colpivano nessuno dei nemici; anzi, ben presto rischiarono addirittura di buttare in terra il cappello del comandante Schiaccianoci.

I cacciatori nemici li morsicarono nelle gambe, e quelli caddero uccidendo anche alcuni compagni d'arme dello Schiaccianoci.

Lo Schiaccianoci era ormai circondato dai nemici, al culmine della paura e dell'angoscia. Voleva saltare oltre il bordo dell'armadio, ma aveva le gambe troppo corte. Clara e Greta erano svenute e non potevano essere di nessun aiuto. Gli Ussari e i Dragoni lo superarono allegramente e si gettarono nella mischia. E lui gridò, completamente disperato: "Un cavallo! Un cavallo! Il mio regno per un cavallo![3]"

In quell'istante due tiratori nemici lo afferrarono per il mantello di legno e, squittendo trionfante con le sue sette gole, il Re dei Topi arrivò saltellando. Marie non riuscì più a trattenersi. "Il mio povero Schiaccianoci! Il mio povero Schiaccianoci!", singhiozzò. Si levò la scarpa sinistra e, senza quasi rendersi conto di quel che stava facendo, la lanciò sulla squadra più fitta di topi e sul loro re! E in quell'istante tutto sembrò svanire e disperdersi. Ma Marie sentì un dolore ancora più acuto -molto più acuto di prima- al braccio sinistro e perse i sensi.

---

3 Citazione dal Riccardo III di William Shakespeare (NDR)

Capitolo 6
La malattia

Quando Marie si svegliò dal suo coma mortale si ritrovò a letto. Il sole splendeva, tintinnando e scintillando dalle finestre coperte di ghiaccio, nella stanza. Accanto a Marie sedeva un estraneo che lei riconobbe subito come il dottor Wendelstein, chirurgo. Lui mormorò piano "Si è svegliata."
Mamma arrivò e la scrutò attentamente.
"Oh, mamma", mormorò Marie, "Se ne sono andati quei brutti topi? Lo Schiaccianoci è salvo?"
"Non dire queste sciocchezze, Marie!", rispose la mamma, "Che c'entrano i topi con lo Schiaccianoci? Ma tu sei cattiva. Mi hai fatto tanto preoccupare. Ecco quello che succede ai bambini cocciuti che disubbidiscono ai genitori. Ieri hai giocato con le tue bambole fino a tardi. Ti sei addormentata, e forse ti sei spaventata perché hai visto affacciarsi un topo, anche se di solito non si vedono topi in questa zona. In ogni caso, sei finita con un braccio in una delle lastre di vetro dell'armadio. Il taglio era così profondo che il dottor Wendelstein, che ti ha tolto tutte le schegge dalla ferita, pensa che se il vetro ti avesse tagliato un'arteria saresti potevi rimanere col braccio paralizzato, o addirittura morire dissanguata. Grazie al cielo io mi sono svegliata a mezzanotte e mi sono accorta che tu non c'eri, perciò sono salita e sono andata in salotto. E tu eri svenuta in terra accanto all'armadio e perdevi fiumi di sangue. Eri lì, e sparpagliati attorno a te c'erano tanti dei soldatini di Fritz e altre bambole, e c'erano sparsi anche parecchi stemmi e omini di pan-di-zenzero. Però lo Schiaccianoci era posato sul tuo braccio insanguinato e poco distante c'era la tua scarpa sinistra."
"Oh, mamma, mammina!", proruppe Marie, "Non lo vedi? Erano le tracce della grande battaglia che c'è stata tra le bambole e i topi. Ecco perché mi sono spaventata. È successo quando i topi volevano catturare il povero Schiaccianoci, che era al comando dell'esercito delle bambole. Io ho lanciato la mia scarpa ai topi, ma non so cos'è successo dopo."
Il dottor Wendelstein fece un cenno alla mamma, che parlò molto dolcemente a Marie: "D'accordo, bambina mia, d'accordo! Adesso calmati, i topi non ci sono più e lo Schiaccianoci se ne sta nell'armadio a vetri, in perfetta salute."
Poi l'ufficiale medico entrò nella stanza e fece una lunga chiacchierata con il dottor Wendelstein. E quindi l'ufficiale

medico tastò il polso a Marie, e lei sentiva che dicevano qualcosa a proposito di una febbre da ferita.

Marie dovette rimanere a letto e prendere le medicine. E lo fece per diversi giorni, anche se non si sentiva malata o indisposta, però le faceva un po' male il braccio. Sapeva che lo Schiaccianoci era uscito dalla battaglia sano e salvo, e ogni tanto, mentre sognava, le pareva che lui le parlasse chiaramente, anche se triste:

"Mia cara Marie, io ti devo già molto, ma tu puoi fare ancora di più per me."

Lei rifletté, ma fu inutile: non riusciva a immaginarsi cosa volesse dire lo Schiaccianoci.

La bambina non poteva giocare a causa del braccio ferito. E se voleva leggere o sfogliare uno dei libri illustrati, le girava la testa ed era obbligata a smettere.

Il tempo scorreva assai lento e Marie non vedeva l'ora che arrivasse la sera, quando la mamma le si sedeva accanto e le raccontava tante belle storie.

Mamma aveva appena finito di raccontare la storia del Principe Fakardin, quando la porta si aprì e il padrino Drosselmeier entrò dicendo: "Finalmente vedo con i miei occhi la piccola ferita."

Nell'istante in cui Marie vide il padrino Drosselmeier col suo cappotto giallo, ricordò nitidamente la notte in cui lo Schiaccianoci aveva perso la battaglia con i topi. E involontariamente esclamò:

"Oh, padrino Drosselmeier, com'eri brutto. Ti ho visto appollaiato sull'orologio che lo coprivi con le falde del cappotto per impedirgli di suonare forte. Altrimenti i topi sarebbero scappati. Ho sentito cos'hai gridato al Re dei Topi. Perché non hai aiutato lo Schiaccianoci? Perché non hai aiutato me, brutto padrino Drosselmeier? Lo sai che è colpa tua se adesso me ne devo stare a letto malata e ferita?"

La mamma, atterrita, domandò: "Che ti prende, Marie?"

Ma Drosselmeier stava facendo strane smorfie e parlò con voce ringhiosa e monotona:

"Pendolo, pendolo, ronza, ronza, non vuoi stare a posto, batti, batti, batti, pendolo, ronza pian pianino, zoppo e fiacco, squilla e suona, bambolina non temere, suona la tua campanella, per scacciare il re dei Topi. Svelta vola la civetta, tic e tac fan le campane, ronza, ronza, pendolo, ronza, tic e tac non stanno a posto, brrr e bzzz!"

Marie guardò a bocca spalancata il padrino Drosselmeier,

perché lui ora era completamente diverso, e molto più brutto, del solito perché continuava a oscillare il braccio destro come fosse una marionetta. Marie sarebbe stata letteralmente terrorizzata dal padrino, se la mamma non fosse stata presente e se Fritz, che era sgusciato in camera, non avesse alla fine interrotto il padrino ridendo forte.

"Oh, padrino Drosselmeier! Oggi sei di nuovo troppo buffo! Gesticoli come il mio pupazzo a molla, quello che ho buttato dietro la stufa tanto tempo fa."

La mamma rimase molto seria quando disse: "Caro padrino, che scherzo strano. A cosa mirate?"

"Santo Cielo!", rispose Drosselmeier, ridendo, "Vi siete dimenticata della mia canzoncina dell'orologiaio? La canto sempre per i pazienti come Marie."

Poi si sedette accanto al letto e disse:

"Non essere arrabbiata se non ho scacciato per te il Re dei Topi coi suoi quattordici occhi. Non potevo farlo. Invece per te ho fatto qualcosa di molto bello."

Drosselmeier si mise una mano in tasca e pian piano tirò fuori lo Schiaccianoci. Il padrino gli aveva abilmente e saldamente rimesso i denti che aveva perso e gli aveva raddrizzato la mascella.

Marie ne fu stracontenta e la mamma sorrise e disse:

"Ora lo vedi che il padrino Drosselmeier non vuole fare del male al tuo Schiaccianoci?"

"Però, Marie", s'intromise il padrino, "Devi ammettere che lo Schiaccianoci non ha davvero un gran fisico, e che la sua faccia non si può esattamente definire bella. Se vuoi, posso raccontarti com'è che la bruttezza è entrata nella sua famiglia e come si è tramandata. Hai mai sentito la storia della Principessa Pirlipat, della strega di Toponia e dell'artista degli orologi?"

"Senti", interruppe inaspettatamente Fritz, "Senti, padrino Drosselmeier, tu hai rimesso a posto i denti dello Schiaccianoci e la sua mascella non casca più. Ma perché gli manca la spada? Perché non gli hai dato una spada?"

"Povero me", rispose indignato Drosselmeier, "Ma tu sei scontroso e brontolone su tutto, ragazzo? Che me ne importa della spada dello Schiaccianoci? Gli ho guarito il corpo. Lasciagli scegliere la spada che vuole lui."

"Hai ragione", disse Fritz, "È un ragazzo capace. Lo sa dove trovarsi le armi."

"Bene, Marie", proseguì il padrino, "Conosci la storia della

Principessa Pirlipat?"

"No, non la conosco", rispose Marie, "Raccontacela tu, padrino caro, raccontacela tu!"

"Spero", disse la mamma, "Spero, padrino caro, che la vostra storia non sia raccapricciante come quelle che raccontate di solito."

"Assolutamente no", rispose Drosselmeier, "Al contrario. Quella che avrò l'onore di recitare è addirittura divertente."

"Raccontacela, padrino, raccontacela!", esclamarono i bambini, e Drosselmeier cominciò.

Capitolo 7
La storia della noce dura

La madre di Pirlipat era la moglie di un re, e quindi era una regina, e perciò quando venne al mondo Pirlipat era una principessa nata. Il re era fuori di sé dalla gioia per la sua bella bambina distesa nella culla. Esultava, danzava e saltellava su una gamba sola, e continuava a strillare: "Urrà! Avete mai visto una bimba più bella di questa?"

Tutti i ministri, generali, presidenti, magistrati e ufficiali saltellavano su una gamba come il sovrano e gridavano: "No! Mai!"

Ed era vero che dall'alba dei tempi non s'era mai vista una bambina più bella della principessa Pirlipat. Il suo volto sembrava fatto di candidi gigli e fiocchi di seta rosa intessuti assieme, gli occhietti erano di un azzurro vivace e scintillante, aveva boccoli che le s'intrecciavano su tutta le testa in nastri d'oro lucente. E in sovrappiù Pirlipat era venuta al mondo con due file di dentini che parevano perle, e due ore dopo, quando il Gran Cancelliere cercò di esaminare più da vicino i suoi lineamenti facciali, lei gli morse il dito così forte che lui esclamò: "Oh! Accidenti!", ma altri sostengono che abbia esclamato "Ahia!", le opinioni si dividono nettamente ancora oggi.

A ogni modo, lei morsicò davvero il dito del Cancelliere, e adesso tutta la popolazione felice sapeva che intelletto e intelligenza risiedevano nel corpicino di Pirlipat, che era anche bello come quello di un angelo.

Tutti erano contenti. Solo la regina era molto ansiosa e nervosa, e nessuno capiva perché. Quello che in particolare colpiva la gente era che facesse sorvegliare con cura la culla. Oltre alle guardie che stavano a ogni ingresso, e a parte le due dame di corte che dovevano sedere accanto alla culla, altre sei dame erano sparse per la stanza, giorno e notte.

Però la cosa che sembrava più stupida e incomprensibile era che ognuna di quelle sei dame di compagnia doveva tenere in grembo un gatto e doveva accarezzarlo per tutta la notte costringendolo a fare costantemente le fusa.

Per voi sarebbe impossibile, miei cari bambini, indovinare il motivo per cui la mamma di Pirlipat aveva disposto le cose a quel modo. Ma io lo conosco, e adesso ve lo racconto.

Era accaduto che moltissime incantevoli principesse e

moltissimi re meravigliosi si fossero riuniti una volta alla corte del papà di Pirlipat, ecco perché l'intera corte splendeva di giubilo e perché si tennero innumerevoli commedie, balli e tornei. Per dimostrare che oro e argento non gli mancavano, il re affondò generosamente le mani nel tesoro reale e profuse una notevole quantità di denaro. Essendo stato segretamente informato dal maestro supremo delle cucine reali che l'astronomo di corte aveva previsto l'ammazzamento dei maiali, il re ordinò un banchetto a base di salsicce. Poi saltò in carrozza e invitò personalmente tutti i re e i principi a mangiare... solamente un cucchiaio di zuppa, per godersi la sorpresa di quella magnifica festa.

Poi il re parlò amabilmente alla regina: "Tu lo sai, mia cara, quanto mi piacciono le salsicce."

La regina sapeva a cosa mirava il re. Intendeva semplicemente dire che lei doveva sottoporsi all'utilissima attività di fare le salsicce, come già aveva fatto in passato.

Il tesoriere supremo dovette recapitare immediatamente in cucina l'enorme calderone d'oro per le salsicce e le casseruole d'argento. Accesero un grande fuoco di legno di sandalo, la regina si annodò il suo grembiule da cucina damascato e ben presto il delizioso profumo delle salsicce si levò dal pentolone in densi sbuffi. L'aroma intenso si diffuse fino al Consiglio della Corona. Il re, pervaso di felicità, non riuscì a contenersi: "Col vostro permesso, signori!", gridò. Poi corse in cucina, abbracciò la regina, mescolò l'impasto delle salsicce col suo scettro d'oro e, calmatosi un po', tornò al Consiglio.

Si era arrivato al punto cruciale in cui la pancetta doveva venire tagliata in cubetti e affumicata su griglie d'argento. Le dame di compagnia uscirono dalla cucina perché la regina per lealtà, fedeltà e devozione al regale consorte desiderava compiere quell'azione da sola. Però quando la pancetta cominciò ad affumicare, sentì una vocina che sussurrava: "Sorella, dai anche a me un pezzettino di pancetta affumicata. Voglio far festa anch'io. In fondo sono anch'io una regina. Dammi un pezzettino di pancetta affumicata."

La regina sapeva che a parlare era la signora Topona, che viveva a palazzo ormai da molti anni. Sosteneva di essere imparentata con la famiglia reale e di essere lei stessa la regina del paese di Toponia. Ecco perché era a capo di una grande corte che viveva dietro il focolare. La regina era una donna buona e caritatevole. Anche se non voleva riconoscere la signora Topona come regina e sorella, poteva però concederle, dal profondo del suo cuore, un banchetto nei giorni di festa. Perciò esclamò: "Vieni fuori, signora Topona. Puoi gustarti la mia pancetta tutte le volte che vuoi."

La signora Topona corse fuori, saltellando allegramente. Fece un balzo sul focolare e con le sue zampette delicate afferrò tutti i pezzetti di pancetta che la regina le porgeva.

Ma poi tutti i parenti maschi e femmine della signora Topona saltarono fuori, come pure i suoi sette figli. Quei figli erano villani maleducati. Si gettarono sulla pancetta e l'atterrita regina non riuscì ad allontanarli. Per fortuna arrivò di corsa la moglie del direttore di corte. Lei scacciò gli intrusi, riuscendo a salvare un po' della pancetta che, seguendo le valutazioni dei matematici reali, venne distribuita abilmente in tutte le salsicce.

Tra rulli di tamburo e squilli di tromba, tutti i principi e i potenti, avvolti in splendidi abiti da festa, si spostarono, diretti al banchetto a base di salsicce, dove alcuni degli ospiti arrivarono su cavalli bianchi e altri in carrozze di cristallo. Il re li accolse con sentita amicizia e benevolenza. Poi, come un vero sovrano, con la corona e lo scettro, si sedette a capotavola.

Nell'assaggiare le salsicce, tutti videro che il re si faceva sempre più pallido e volgeva lo sguardo al cielo. Dal petto gli sfuggirono deboli gemiti, un dolore tremendo sembrò scavargli dentro. Poi, davanti alle salsicce, gemendo sempre più forte e piangendo e lamentandosi, ricadde sulla poltrona con le mani sul volto.

Tutti i commensali si alzarono dal tavolo e il medico reale cercò di sentirgli il polso. Il re sembrava lacerato da un dolore profondo e senza nome. Finalmente, finalmente, dopo molte lusinghe e l'applicazione di medicinali forti, di piume bruciacchiate e così via, il re sembrò riprendersi. Riuscì appena a balbettare le parole: "Troppa poca pancetta!"

La regina, allora, si gettò pateticamente ai suoi piedi e pianse: "Oh, mio povero, infelice consorte! Quante pene devi aver sofferto! Ma ora vedi la colpevole ai tuoi piedi. Puniscila, puniscila con severità. Ah, la signora Topona, coi suoi sette figli e tutti i suoi parenti, maschi e femmine, ha divorato la pancetta e...", ma qui la regina cadde svenuta.

Il re, furioso, balzò in piedi ed esclamò: "Moglie del direttore reale! Com'è successo?"

La moglie del direttore reale raccontò tutto quello che sapeva e il re decise di rendere la pariglia alla signora Topona e ai suoi parenti per aver divorato la pancetta delle sue salsicce. Il Consiglio della Corona si riunì e decise di processare la signora Topona e di confiscarle tutti i beni. Però il re fece notare che lei poteva comunque mangiarsi la pancetta durante il processo. Perciò l'intera questione passò nelle mani dell'orologiaio di corte nonché esperto reale.

Quell'uomo, che si chiamava -come me- Christian Elias Drosselmeier, promise di scacciare per sempre dal palazzo la signora Topona e tutta la sua famiglia tramite un'operazione specialissima e politicamente astuta. Drosselmeier inventò degli apparecchi piccolissimi e molto capaci nei quali la pancetta affumicata veniva applicata su minuscoli fili, poi Drosselmeier li sparse nella casa della signora Divorapancetta.

La signora Topona era troppo scaltra per non capire l'inganno di Drosselmeier. Ma nessuno dei suoi avvertimenti, nessuno dei suoi pareri venne ascoltato. Attratti dalla deliziosa fragranza della pancetta affumicata, tutti i figli della signora Topona e moltissimi dei parenti maschi e femmine caddero nelle trappole di Drosselmeier; e non appena si mangiarono la pancetta, vennero intrappolati da una porta che si chiuse di scatto e vergognosamente giustiziati in cucina.

Con la sua piccola squadra, la signora Topona abbandonò il luogo dell'orrore. Dolore, disperazione e sete di vendetta le pervadevano il cuore. La corte esultò festante, ma la regina era preoccupata perché conosceva bene la mentalità della signora Topona e sapeva che la signora Topona non avrebbe lasciato che la morte dei suoi figli e parenti rimanesse non vendicata. E infatti la signora Topona ricomparve proprio mentre la regina stava preparando per il suo regale consorte il paté di polmone, un piatto che gli piaceva moltissimo. E la signora Topona disse: "I miei figli e i miei parenti sono stati uccisi. State attenta, Vostra Altezza reale, state attenta che la Regina dei Topi non si mangi la vostra principessina. State attenta!"

E poi svanì di nuovo e non si fece più vedere. Ma la regina era così spaventata che le cadde il paté di polmone nel fuoco. E così la signora Topona rovinò per la seconda volta un banchetto reale, cosa che fece andare il re su tutte le furie.

"Ma per stasera Fritz e Marie dovranno accontentarsi di questo. Il resto lo racconto domani."

Marie aveva le sue idee in merito alla storia, ma per quanto supplicasse il padrino Drosselmeier di non andarsene, non aspettò di farsi persuadere. Invece balzò su con un: "Troppo di una cosa buona fa male. Sentiremo il finale della storia domani."

Quando il consigliere stava per uscire dalla porta principale, Fritz domandò:

"Dimmi, padrino, è vero che sei stato tu a inventare le trappole per topi?"

"Come puoi fare una domanda così stupida?", esclamò la mamma.

Ma il padrino fece un sorriso imperscrutabile e sussurrò: "Non sono forse un orologiaio abbastanza bravo da poter inventare anche una trappola per topi?"

Capitolo 8
Il seguito della storia della noce dura

Ora voi sapete molto bene, bambini (continuò Drosselmeier la sera dopo) sapete molto bene che la regina faceva sorvegliare attentamente la principessa Pirlipat. E non doveva la regina temere che la signora Topona portasse a compimento le sue minacce e masticasse la principessina a morte? Le trappole di Drosselmeier erano inutili contro la saggezza e l'astuzia della signora Topona; e solo l'astronomo reale, che copriva anche il doppio ruolo di indovino segreto del re e scrutatore di stelle, sapeva che solo la famiglia di Gatto Fusone poteva tenere la signora Topona lontana dalla culla. Ed era per questo che ogni dama di compagnia teneva in grembo un rampollo di quella famiglia e lo accarezzava destramente nel tentativo di comprarne i vasti servizi politici. A proposito, quei rampolli vennero assunti a corte come legati del consiglio segreto.

Una notte, a mezzanotte, una delle due dame che sedevano accanto alla culla si svegliò da un sonno profondo. Tutti quelli che la circondavano erano colti dal sonno, non c'erano fusa ma solo un silenzio profondo e mortale. Si sarebbe sentito perfino uno stuzzicadenti cadere. Ma cosa non provò la suprema dama di corte segreta quando vide un topo enorme, disgustoso, in piedi sulle zampe posteriori che premeva la sua faccia orribile contro la testa della principessina!

La dama balzò in piedi con un grido di sgomento. Tutti si svegliarono. In quello stesso istante la signora Topona (perché il grosso topo nella culla non era altri che lei) scappò in un angolo della stanza. I legati del consiglio le corsero dietro, ma era troppo tardi: la signora Topona scomparve in una fessura del pavimento.

Quel baccano svegliò Pirlipat che si mise a piangere assai deplorevolmente. "Grazie al Cielo!", esclamarono le dame, "È viva!"

Ma quale non fu l'orrore quando guardarono Pirlipat e videro cos'era successo alla bambina bella e leggiadra. Invece dei boccoli dorati, del volto rosa e bianco e della testina angelica ora c'era un testone grosso e deforme posato su un corpicino minuscolo e mostruoso. I piccoli occhi azzurri erano diventati verdi, strabuzzati, sporgenti, e le piccole labbra ora le andavano da un orecchio all'altro.

La regina si sciolse in lacrime e lamenti e fu necessario foderare interamente lo studio reale, perché il re continuava a sbattere la testa contro il muro, gridando: "Oh, che monarca infelice sono!"

Il re capiva perfettamente che sarebbe stato meglio se si fosse mangiato le sue salsicce senza pancetta e avesse lasciato in pace la signora Topona e la sua famiglia dietro il focolare. Ma il regale padre di Pirlipat non ne volle sapere. Invece diede tutta la colpa al regale orologiaio ed esperto, Christian Elias Drosselmeier di Norimberga. Ecco perché il re emanò un saggio ordine: Drosselmeier aveva quattro settimane per riportare la principessa Pirlipat alle sue antiche condizioni, o perlomeno per trovare una soluzione specifica e infallibile per farlo. Altrimenti il regale orologiaio sarebbe stato condannato a una morte ignominiosa sotto la scure del boia.

Drosselmeier aveva certamente paura, ma contava sulla propria bravura e sulla propria fortuna, e subito affrontò la prima operazione che gli pareva utile. Prese da parte la principessa Pirlipat molto abilmente, le svitò mani e piedi e ne esaminò la struttura interna. Ma, ahimè, scoprì che più la principessa fosse cresciuta più informe sarebbe diventata, e lui era perduto... non sapeva dove sbattere la testa. Molto attentamente, la rimise insieme e accanto alla sua culla, che non era autorizzato ad abbandonare, sprofondò nella malinconia.

La quarta settimana era già cominciata. Era mercoledì quando il re si affacciò alla culla, gli occhi che mandavano scintille infuriate. Brandendo lo scettro, il re esclamò: "Christian Elias Drosselmeier, cura la principessa o muori!"

Drosselmeier cominciò a piangere mentre la principessa schiacciava allegramente le noci.

Per la prima volta Drosselmeier si rese conto che Pirlipat era nata con i denti e che aveva un'insolita predilezione per le noci. Dopo la trasformazione non aveva fatto altro che urlare finché per caso non le era capitata una noce a portata di mano. Immediatamente l'aveva spaccata, si era mangiata il gheriglio e si era calmata. Da quel momento sembrava che tutte le noci che le dame le portavano non le bastassero mai.

"Oh, santo istinto di natura, eternamente imperscrutabile sintonia di tutte le creature", esclamò Christian Elias Drosselmeier, "Mi hai mostrato le porte del mistero. Vorrei poter bussare per far aprire il portone."

Poi Drosselmeier chiese il permesso di parlare con l'astronomo di corte e venne accompagnato da lui sotto scorta. Quei due gentiluomini si abbracciarono piangendo perché erano cari amici. Poi si ritirarono in uno studio segreto, dove sfogliarono parecchi libri che parlassero di istinto, simpatie, antipatie e altre cose misteriose.

Venne la notte. L'astronomo di corte scrutò le stelle e, con l'aiuto dell'abilissimo Drosselmeier, tracciò l'oroscopo della principessa. Questo richiese un gran lavoro, perché le linee andavano ingarbugliandosi sempre più. Ma alla fine che gioia! Finalmente divenne chiaro ai loro occhi che la principessa per disfare l'odioso incantesimo e ritrovare la sua bellezza non doveva far altro che gustare la squisita noce Krakatuk.

Il guscio della noce Krakatuk era così duro da non rompersi neppure se veniva pestato da un cannone di venti chili. Ma questa noce dura doveva essere spaccata coi denti, davanti alla principessa, da un uomo che non si fosse mai rasato né avesse mai indossato stivali. Con gli occhi chiusi, lui avrebbe dovuto porgere il ghepriglio alla principessa. Il giovane poteva poi aprire gli occhi e doveva fare sette passi all'indietro senza inciampare.

Drosselmeier e l'astronomo lavorarono ininterrottamente per tre giorni e tre notti. Ora, il re stava facendo il pranzo del sabato. A un tratto Drosselmeier, che doveva venir decapitato domenica all'alba, irruppe allegro ed entusiasta e annunciò le misure che bisognava prendere per ridare alla principessa la bellezza perduta. Il re abbracciò Drosselmeier con intensa benevolenza e gli promise una spada di diamanti, quattro medaglie e due cappotti buoni.

"Dopo che avremo finito di mangiare", aggiunse amabilmente il re, "possiamo metterci subito al lavoro. Assicuratevi che quest'uomo sbarbato e senza stivali e la sua noce siano disponibili. Non dovrà bere vino prima. Altrimenti rischia d'inciampare mentre deve fare i suoi sette passi all'indietro come un granchio. Poi potrà avere tutto il liquore che vuole."

Drosselmeier fu sbalordito per le parole del re, e non fu senza tremare che riuscì a farsi uscire una risposta: lui aveva trovato il rimedio. Ma sia la noce Krakatuk che il giovane andavano ancora cercati. E non c'erano certezze che fosse possibile trovare la noce e lo Schiaccianoci.

Il furente re agitò lo scettro sulla testa coronata e ruggì come un leone: "Allora vi taglieremo la testa!"

Fortunatamente per Drosselmeier, terrorizzato e infelice, proprio quel giorno il re aveva trovato il suo pranzo delizioso.

Perciò era dell'umore giusto per ascoltare idee ragionevoli, che alla magnanima regina certo non mancavano. Anzi, lei era veramente toccata dal destino del povero Drosselmeier. Drosselmeier recuperò l'autocontrollo e finalmente disse di essersi guadagnato il diritto ad aver salva la vita ubbidendo agli ordini del re. Gli era stato detto di trovare il modo di curare la principessa e l'aveva fatto.

Il re disse che quelle erano deboli scuse e stupidaggini. Ma alla fine, dopo aver bevuto un bicchiere di digestivo, decise che sia l'orologiaio che l'astronomo sarebbero dovuti partire e non sarebbero dovuti più tornare se non con la noce Krakatuk in tasca. Per trovare l'uomo che l'avrebbe spaccata, disse la regina, avrebbero fatto inserire annunci e avvisi pubblici in diversi giornali locali e stranieri.

E qui Drosselmeier si fermò e promise di finire la storia l'indomani sera.

Capitolo 9
Conclusione della storia della noce dura

Non appena la sera seguente si accesero le luci, il padrino Drosselmeier arrivò e continuò la sua storia.

Drosselmeier e l'astronomo di corte avevano vagabondato per quindici anni senza mai neppure cogliere un segno della noce Krakatuk. Potrei passare quattro settimane intere a raccontarvi, cari bambini, dov'erano andati e tutte le strane cose che avevano incontrato. Ma non parlerò di queste cose. Dirò solamente che nel suo profondo dolore, Drosselmeier cominciò ad avere nostalgia di Norimberga, la sua città natale. Questa nostalgia lo travolse in particolare un giorno in cui lui e il suo amico si trovavano in una vasta foresta asiatica a fumare pipe cariche di tabacco scadente.
"Oh, la mia bella città di Norimberga. Che bella città. Se uno non ti ha mai visto, anche se ha viaggiato tanto, da Londra, a Parigi a Petrovaradin, allora il suo cuore non si può gonfiare. Deve desiderarti sempre, oh Norimberga, bella città con le tue belle case e le tue belle finestre."
Quando Drosselmeier si lamentò così dolorosamente, l'astronomo si sentì colmo di profonda commiserazione e cominciò a piangere così tanto che i suoi lamenti si sentirono per tutta l'Asia. Ma poi riacquistò l'autocontrollo, si asciugò le lacrime e domandò:
"Esimio collega, perché ce ne stiamo seduti qui a frignare? Perché non andiamo a Norimberga? Ha veramente importanza dove cerchiamo quella maledetta noce Krakatuk?"
"È vero", esclamò rincuorato Drosselmeier.
I due uomini si alzarono, buttarono via il tabacco delle pipe e uscirono difilato dalla foresta asiatica, diretti a Norimberga.
Non appena vi arrivarono Drosselmeier corse a trovare suo cugino, il fabbricante di bambole e doratore, Christoph Zaccaria Drosselmeier, che non vedeva da moltissimi anni.
L'orologiaio raccontò al cugino tutta la storia della principessa Pirlipat, della signora Topona e della noce Krakatuk. Di tanto in tanto il cugino giungeva le mani ed esclamava sorpreso: "Oh, cugino, cugino, che cose meravigliose mi racconti!"
Drosselmeier continuò a parlare delle sue avventure e dei suoi lunghi viaggi. Aveva passato due anni con un dato re, era stato sdegnosamente allontanato dal principe delle mandorle e aveva

domandato inutilmente alla Società Naturale di Eichhornshausen. In breve, l'orologiaio non era riuscito a trovare da nessuna parte tracce della noce Krakatuk.

Durante questo racconto, Christoph Zaccaria aveva spesso schioccato le dita, fatto le giravolte su un piede, schioccato la lingua ed esclamato: "Hmmm... hmmm... eh... oh... che il diavolo se la porti!", e alla fine aveva lanciato in aria il cappello e la parrucca e aveva abbracciato il cugino. "Cugino, cugino, sei sano e salvo, ti dico, perché se le cose non m'inganno la noce Krakatuk ce l'ho io!"

Tirò fuori una scatola dalla quale estrasse una noce dorata di taglia media.

"Guarda", disse mostrando la noce al cugino, "Guarda! Voglio parlarti di questa noce.

"Tanti e tanti Natali fa, uno straniero venne qui per vendere un sacco di noci. Sfortunatamente cominciò a litigare con il venditore locale di noci proprio fuori dalla mia casa di bambole. Così posò il sacco in terra per difendersi più agevolmente. Il venditore residente aggredì lo straniero perché non tollerava che quell'intruso vendesse noci per strada. In quel momento un carro a pieno carico travolse il sacco e ruppe tutte le noci meno una, e quella lo straniero, con un sorriso bizzarro, me la offrì in cambio di una lustra moneta da venti del 1720. questo mi colpì moltissimo. Ora, caso volle che io in tasca avessi una moneta così, comprai la noce e la dorai, senza sapere perché l'avessi pagata tanto né che adesso mi sarebbe divenuta tanto preziosa."

Era decisamente la noce Krakatuk che stavano cercando. Ulteriori dubbi vennero fugati quando chiamarono l'astronomo e lui grattò via la doratura con una moneta. Sotto la doratura c'era scritta la parola "Krakatuk" incisa in caratteri cinesi.

I viaggiatori erano entusiasti e il cugino era l'uomo più felice della terra quando Drosselmeier lo assicurò che la sua fortuna era fatta. Oltre a una considerevole ricompensa, avrebbe ricevuto gratis tutto l'oro che gli serviva per le sue dorature. Sia l'esperto che l'astronomo si erano già messi le berrette da notte e stavano per saltare nel letto quando l'astronomo cominciò: "Mio caro collega, tutte le cose buone vengono in coppia. Noi non abbiamo trovato solo la noce Krakatuk, ma anche il giovane che la spaccherà coi denti e porgerà il bel gheriglio alla principessa. Intendo dire che si tratta del figlio di tuo cugino. No, non voglio dormire! Stanotte voglio fare l'oroscopo del ragazzo!", così l'astronomo levò la berretta al ragazzo e si mise a osservare le stelle.

Il ragazzo era effettivamente bello e ben fatto, non si era mai rasato né aveva mai calzato stivali. Nella sua prima gioventù era stato veramente un monello, ma adesso non si sarebbe più detto perché suo padre aveva fatto molti sforzi per educarlo bene. Nella stagione di Yule indossava un bel cappotto rosso con le guarnizioni dorate e una spada. Teneva il cappello sotto il braccio e ostentava una splendida pettinatura col parrucchino a reticella. Adesso se ne stava, raggiante, nel negozio del padre e, per galanteria innata, spaccava le noci per le giovani clienti, ed ecco perché loro lo chiamavano "il nostro piccolo Schiaccianoci".

Il mattino seguente l'astronomo entusiasta abbracciò l'esperto e strillò: "È lui! Ce l'abbiamo fatta! L'abbiamo trovato! Ma ci sono due cose, caro collega, che non dobbiamo ignorare. Primo, devi intrecciare per il tuo meraviglioso nipote un robusto codino di legno, collegato strettamente alla mascella inferiore in modo da poterla tirare. Quando arriveremo a palazzo dobbiamo aver cura di nascondere il fatto che abbiamo portato con noi il giovane che può aprire coi denti la noce Krakatuk. Invece lui dovrà farsi vedere molto dopo di noi.

"Secondo l'oroscopo, diversi uomini si spaccheranno un po' di denti invano, e perciò il re prometterà che chi riuscirà a spaccare la noce e restituire a Pirlipat la sua bellezza sarà ricompensato con la mano della principessa e col diritto di successione al trono."

Il cugino fabbricante di bambole fu contento che il figlio potesse sposare la principessa Pirlipat e diventare principe e re, perciò lo affidò totalmente ai messaggeri. Il codino che Drosselmeier intrecciò per il suo giovane e fiducioso nipote era così eccellente che con quello superò brillantemente l'esperimento di spaccare i durissimi noccioli delle pesche.

Drosselmeier e l'astronomo informarono subito le autorità che avevano trovato la noce Krakatuk, perciò vennero organizzati all'istante i preparativi necessari. E quando i viaggiatori arrivarono con il loro rimedio cosmetico, erano già arrivate diverse belle persone, compresi alcuni principi. Fidando sui loro denti robusti, volevano rompere l'incantesimo lanciato sulla principessa.

Gli inviati furono sbigottiti quando videro la principessa. Il suo corpicino con le minuscole manine e i piedini reggevano a stento quel testone informe. La bruttezza del volto era accresciuta da una barba di ovatta che le cresceva attorno al mento e alla bocca.

Accadde tutto quello che l'astronomo aveva visto nell'oroscopo. Con indosso le scarpe, uno sbarbato dopo l'altro si spaccò denti e mascella sulla noce Krakatuk senza poter aiutare la principessa. Erano stati convocati i dentisti, e quando uno sventurato pretendente veniva portato via semi-svenuto sospirava: "Quella sì che è una noce dura da rompere!"

Quando il re, col terrore nel cuore, promise la figlia e il regno al pretendente che fosse riuscito a sciogliere l'incantesimo, il garbato cugino si fece avanti e chiese il permesso di tentare l'impresa. Nessuno quanto il giovane Drosselmeier piacque tanto alla principessa Pirlipat. Si portò al cuore le minuscole manine e sospirò teneramente: "Ah, se solo fosse lui quello capace di spaccare la noce Krakatuk e diventare mio marito!"

Poi il giovane Drosselmeier s'inchinò molto educatamente davanti al re e alla regina e anche alla principessa Pirlipat, e ricevette la noce Krakatuk dalle mani del supremo maestro di cerimonie. Il ragazzo si mise la noce tra i denti, si tirò il codino e -CRAK CRAK CRAK- il guscio si spaccò in mille pezzi. Abilmente, il ragazzo levò le schegge che ancora pendevano dal gheriglio e lo porse alla principessa, grattando e inchinandosi, poi chiuse gli occhi e cominciò a camminare all'indietro. La principessa inghiottì il gheriglio e... oh, meraviglia!... il mostriciattolo scomparve e al suo posto apparve una donna bella come un angelo. Il suo volto pareva intessuto di seta rosa e gigli bianchi. Gli occhi erano d'un azzurro sfavillante, i boccoli si arricciavano come nastri d'oro. Tamburi e trombe si unirono al giubilo della folla. Il re e tutta la corte danzarono su una gamba come avevano fatto alla nascita di Pirlipat. E bisognò far rinvenire la regina con l'acqua di colonia perché tale era la sua gioia che era svenuta.

Il giovane Drosselmeier non aveva ancora compiuto i suoi sette passi quando il tumulto turbò il suo autocontrollo, ma lui riuscì a dominarsi. Stava proprio poggiando il piede per il settimo passo quando la signora Topona, squittendo orribilmente, sbucò dal pavimento. Come risultato Drosselmeier, che stava per poggiare il piede, pestò con tale forza la signora Topona che inciampò e quasi barcollò.

"Oh, sventura!"

In un batter d'occhio il ragazzo divenne mostruoso come lo era stata la principessa. Il suo corpo si rimpicciolì, a stento poteva sostenere l'enorme testone deforme con i suoi occhi enormi e sporgenti e la mascella grossa e larga. Invece del codino, da dietro gli pendeva uno stretto mantello di legno, e quello controllava la mascella inferiore.

L'orologiaio e l'astronomo erano fuori di sé dallo sgomento e dall'orrore. Ma poi videro la signora Topona che si rotolava sanguinante in terra. Il male che aveva fatto era stato vendicato, perché il giovane Drosselmeier l'aveva colpita con tanta forza alla gola con il tacco appuntito della scarpa che era condannata a morire, e in punto di morte squittì atrocemente.

"Oh, Krakatuk, noce dura, vedi la mia morte. Iiii Iiii! Bello Schiaccianoci, presto morirai anche tu. Sette corone per sette teste, la Madre ha pronunciato la sentenza, lo Schiaccianoci sarà mio. Oh vita così fresca e rossa, io ti lascio e muoio. Squit!", e con questo strillo la signora Topona rese l'anima e il suo corpo venne portato via dal fornaio di corte.

Nessuno aveva dato retta al giovane Drosselmeier, ma ora la principessa ricordò al re la sua promessa e così lui fece chiamare immediatamente il giovane eroe. Ma quando l'infelice si fece avanti con le sue deformità la principessa si mise le mani sulla faccia e gridò: "Mandate via quell'orribile Schiaccianoci!"

Il Lord Ciambellano afferrò il giovane per le spalle e lo buttò fuori dalla porta.

Il re era furibondo che avessero cercato di forzarlo a prendere uno Schiaccianoci come genero. Diede la colpa di tutto alla sfortuna dell'orologiaio e dell'astronomo e proibì loro per sempre l'accesso al suo palazzo.

Niente di tutto questo era menzionato nell'orosco che l'astronomo aveva tracciato a Norimberga, ma ciò non gl'impedì di scrutare ancora il cielo. E in effetti nelle stelle lesse molte cose. Scoprì che il giovane Drosselmeier se la sarebbe cavata così bene nella sua nuova condizione che sarebbe diventato principe e re nonostante la sua deformità. A ogni modo questa sarebbe scomparsa solo quando il figlio delle signora Topona, che lei aveva dato alla luce dopo la morte dei suoi sette figli con sette teste, fosse diventato il Re dei Topi. Quel figlio doveva cadere per mano del giovane e una fanciulla si sarebbe dovuta innamorare del ragazzo nonostante i suoi difetti.

Verso Natale il giovane Drosselmeier venne visto probabilmente nel negozio di suo padre a Norimberga. Certo, come Schiaccianoci, ma anche come principe.

"E questa, cari bambini, è la storia della noce dura. E adesso sapete perché la gente dice 'Questa è una noce dura da rompere'. E ora sapete anche perché gli Schiaccianoci sono così brutti", e così Drosselmeier concluse la storia.

Marie pensò che la principessa Pirlipat fosse una creatura spregevole e ingrata.

Fritz, al contrario, le assicurò che se lo Schiaccianoci fosse stato per altri versi un tipo in gamba, non avrebbe menato il can per l'aia col Re dei Topi e avrebbe ben presto riacquistato il suo bell'aspetto.

Capitolo 10
Zio e nipote

Se qualcuno tra i miei stimatissimi lettori o ascoltatori s'è mai tagliato accidentalmente con un vetro, allora saprà in prima persona quant'è doloroso e quant'è terribile, dal momento che la guarigione è tanto lenta. Marie dovette passare quasi un'intera settimana a letto perché tutte le volte che si alzava le girava la testa. Ma alla fine fu di nuovo perfettamente sana e saltellava per tutta la stanza. L'interno dell'armadio a vetri era estremamente attraente, dal momento che lì c'erano alberi e fiori, case e bambole belle e lustre, tutte nuove e scintillanti.

E soprattutto Marie ritrovò il suo amato Schiaccianoci che, dritto sul secondo scaffale, le sorrideva coi suoi dentini sani. Quando ebbe guardato a volontà il suo favorito, improvvisamente si sentì molto agitata. Ricordò tutto quello che il padrino Drosselmeier aveva raccontato loro, specialmente la storia dello Schiaccianoci e del suo contrasto con la signora Topona e suo figlio.

Marie si accorse che il suo Schiaccianoci non poteva essere altri che il giovane Drosselmeier di Norimberga. Quel bel nipote che, ohimè!, era stato affatturato dalla signora Topona. Per come era stata raccontata la storia, Marie non dubitò per un solo istante che l'abile orologiaio alla corte del padre di Pirlipat fosse il padrino Drosselmeier. "Ma perché tuo zio non t'ha aiutato? Perché non ti ha aiutato?"

Questo era il lamento di Marie, che le si scatenò dentro con rabbia crescente, mentre la battaglia a cui assisteva era concentrata sulla corona e sul regno. Allora tutti gli altri pupazzi non erano forse sudditi dello Schiaccianoci? E non era certo che la profezia dell'astronomo si era avverata e lo Schiaccianoci era diventato il re del reame delle bambole? Soppesando attentamente queste faccende, la saggia Marie cominciò anche a credere che lo Schiaccianoci e i suoi vassalli si animassero nel momento stesso in cui lei consegnava loro vita e movimento.

Ma così non era. Le figure nell'armadio rimasero ferme e immobili. E Marie, ben lungi dall'abbandonare le sue convinzioni, diede la colpa di tutto ciò all'incantesimo ancora efficace lanciato dalla signora Topona e dal suo figlio a sette teste.

"Oh, caro signor Drosselmeier", Marie disse allo Schiaccianoci,

"Potrai anche non essere in grado di muoverti o di parlare, ma io lo so bene che mi capisci e che conosci le mie buone intenzioni verso di te. Conta pure sul mio aiuto, se ne avessi bisogno. Perlomeno, io potrò chiedere aiuto allo zio quando ci sarà bisogno della sua abilità."

Lo Schiaccianoci rimase fermo e muto. Ma Marie percepì un debole sospiro proveniere dall'armadio, i cui vetri ne rimandarono l'eco. Era appena percettibile, ma straordinariamente affascinante, e una debole voce tintinnante sembrò cantare: "Piccola Marie, mio angelo custode! Sarò tutto tuo, mia piccola Marie!"

La bambina provò una sensazione piacevole e strana nei brividi che l'attraversarono. Era sceso il crepuscolo. L'ufficiale medico e il padrino Drosselmeier entrarono nella stanza e poco dopo Luise preparò la tavola, e la famiglia si sedette a parlare di bambini e di altre cose allegre. Marie aveva silenziosamente trascinato la sua poltroncina e si era sistemata ai piedi di Drosselmeier. Ora che tutti tacevano, Marie fissò in volto Drosselmeier e, guardandolo coi suoi occhioni azzurri, disse:

"Io lo so, caro padrino, che lo Schiaccianoci è in realtà tuo nipote, il giovane Drosselmeier di Norimberga. Lui è diventato principe, anzi, re. Si è avverato tutto come aveva predetto il tuo compagno, l'astronomo. Ma tu sai anche che è sul piede di guerra con quel brutto Re dei Topi, il figlio sella signora Topona. E allora perché non lo aiuti?"

Marie allora raccontò tutta la storia della battaglia come l'aveva vista coi suoi occhi. Venne spesso interrotta dalle rumorose risate di mamma e di Luise. Solo Fritz e Drosselmeier rimasero attenti.

"Ma dove le scova tante sciocchezze questa bambina?", disse l'ufficiale medico.

"Santo Cielo", rispose la mamma, "Ha un'immaginazione davvero fervida. Questi sono solo sogni creati dalla febbre alta."

"Non è vero per nulla!", disse Fritz, "I miei Ussari rossi non sono codardi! Oh, povero me! Come potrei sopportarlo?"

Con uno strano sorriso, il padrino Drosselmeier prese Marie in grembo e le parlò con più dolcezza del solito:

"Mia cara Marie, a te è stato donato più di quanto sia stato donato a me, o a chiunque altro. Come Pirlipat, sei una principessa nata, perché governi un regno luminoso e bello. Ma dovrai soffrire tanto se vuoi prenderti cura dello Schiaccianoci, dal momento che il Re dei Topi lo perseguita ovunque e comunque. Però non sono io quello che lo può salvare. Solo tu puoi salvarlo. Sii forte e leale."

Né Marie né nessun altro capirono cosa intendesse Drosselmeier. Anzi, l'ufficiale medico pensò che quelle parole fossero così strane che cercò di prendere il polso a Drosselmeier: "Mio caro amico, il tuo è un caso serio di congestione cerebrale. Lascia che ti scriva una ricetta."

Ma la mamma scosse la testa, pensierosa, e disse: "Riesco a capire cosa intende il padrino Drosselmeier, ma non so dirlo a parole."

Capitolo 11
La vittoria

Non molto tempo dopo, una notte in cui splendeva la luna, Marie venne svegliata da un picchiettio. Un picchiettio che sembrava originarsi in un angolo della stanza. Era come dei sassolini che rotolassero su e giù, con uno squittio repellente in mezzo.

"Ah, i topi! I topi sono tornati!", gridò Marie terrorizzata, e cercò di svegliare sua mamma, ma la voce le rimase bloccata in gola. Non riuscì neppure a muoversi quando vide il Re dei Topi farsi strada attraverso un buco nel muro. Con le corone e gli occhi scintillanti, attraversò la stanza di corsa e poi, con un salto formidabile, atterrò sul comodino accanto al letto di Marie: "Eh, eh, eh! Devi darmi i tuoi zuccherini, il tuo marzapane! Altrimenti mi mangio lo Schiaccianoci. Oh, sì, il tuo Schiaccianoci!", e il Re dei Topi si mise a masticare e a sgranocchiare orribilmente. Poi, rapido, tornò nel suo buco.

Marie fu così spaventata da quello spettacolo raccapricciante che quando si svegliò il mattino dopo era pallidissima e così agitata da non riuscire a parlare. Cento volte fu sul punto di raccontare alla mamma, o a Luise, o perlomeno a Fritz, cosa le era successo. Ma poi pensava: "Mi crederebbe qualcuno? O piuttosto non si metterebbero a ridere a crepapelle?", però una cosa era chiara: per salvare lo Schiaccianoci doveva dar via i suoi zuccherini e il suo marzapane.

Quella sera prese tutti gli zuccherini e il marzapane che aveva e li mise sulla sporgenza dell'armadio. Il giorno dopo la mamma disse: "Non so proprio come facciano tutti quei topi a entrare in salotto. Povera Marie! Si sono divorati tutti i suoi dolcetti!"

Ed era vero. All'avido Re dei Topi non importava molto del marzapane imbottito, ma l'aveva masticato tutto coi denti e così adesso era solo da buttar via. Marie fece spallucce per la perdita dei dolci, le importava solo, come credeva, che lo Schiaccianoci fosse salvo.

Ma cosa provò la notte seguente, quando sentì ancora squittire e stridere accanto a lei? Il Re dei Topi era tornato. I suoi occhi scintillavano ancor più paurosamente della notte prima, e i fischi che faceva tra i denti erano ancora più repellenti.

"Devi darmi le tue bamboline di zucchero e le tue bamboline di gomma. Altrimenti, carina, mi mangio il tuo Schiaccianoci! Ah, sì, il tuo Schiaccianoci!", e l'orribile Re dei Topi corse via.

Il mattino dopo Marie era tristissima quando andò all'armadio e, afflitta, guardò le sue bamboline di zucchero e di gomma. Ma il suo dolore era fondato. Perché, miei attenti ascoltatori, voi non sapete quant'erano belle le bamboline di zucchero e di gomma della piccola Marie Stahlbaum.

Accanto a lei un bellissimo pastore e una pastorella sorvegliavano un gregge di agnellini bianchi come il latte, accompagnati da un cagnolino impavido. C'erano anche due portalettere che portavano la posta e quattro coppie molto attraenti, ragazzi dagli abiti puliti con ragazze meravigliosamente abbigliate che dondolavano su altalene russe. Dietro diversi ballerini c'era la Pulzella di Orleans, a cui lei non dava molta importanza. Ma in un angolo c'era un ragazzino con le guance rosse, il preferito di Marie, e questo la fece piangere.

"Ah!", pianse rivolgendosi allo Schiaccianoci, "Caro Drosselmeier, cosa non farei per aiutarti? Ma è così difficile."

Intanto lo Schiaccianoci parve così disperato che, come se già vedesse le sette fauci del Re dei Topi aprirsi e chiudersi per divorarlo, Marie decise di sacrificare tutto. Perciò quella sera sistemò le bambole di zucchero, come aveva già sistemato prima i dolcetti, sul bordo dell'armadio a specchi. Baciò il pastore, la pastorella e gli agnellini. Alla fine prese il suo preferito, il bambino dalle guance rosse di gomma, dall'angolo e lo mise più indietro di tutti. La Pulzella di Orleans invece finì in prima fila.

"No, ma è terribile!", esclamò la mamma il giorno dopo, "Qualche enorme, orrendo topaccio deve aver fatto irruzione nell'armadio, perché tutte le belle bamboline di zucchero di Marie sono state rosicchiate!" Marie non poté trattenersi dal piangere, ma subito tornò a sorridere perché pensò "Che importa? Lo Schiaccianoci è salvo!"

Quella sera la mamma parlò a Drosselmeier del danno fatto da un topo nell'armadio dei bambini. "È spaventoso che non riusciamo a eliminare quell'odioso topo che sta devastando l'armadio e divorando tutti i dolci della povera Marie!"

"Perbacco!", esordì allegro Fritz, "Il panettiere giù ha un bellissimo gatto grigio. Lo porto qui. Lui metterà fine a questa faccenda e staccherà a morsi la testa del topo... che sia la signora Topona o suo figlio, il Re dei Topi."

"E", continuò la mamma ridendo, "il gatto si metterà a saltare sulle sedie e sui tavoli, butterà in terra tazze e bicchieri e farà una gran confusione."

"Niente affatto!", replicò Fritz, "Il gatto del panettiere è molto agile. Vorrei potermi arrampicare sui tetti abilmente come fa lui."

"Non voglio gatti qui di notte!", disse Luise, che non sopportava i gatti.

"In realtà", disse l'ufficiale medico, "Fritz ha ragione. Possiamo piazzare una trappola. Non ne abbiamo?"

"Le può fare benissimo il padrino Drosselmeier", disse Fritz, "Dopotutto è stato lui a inventare le trappole per topi!", e tutti si misero a ridere.

Quando la mamma disse che in casa non avevano trappole, Drosselmeier disse che lui ne possedeva molte. Andò a casa sua e dopo un'ora tornò con un'eccellente trappola per topi. La storia del padrino sulla noce dura prese vita, divenne perfino ovvia per Fritz e Marie. E quando la cuoca si mise ad affumicare la pancetta, Marie rabbrividì.

Tutta pervasa dalla storia e dalle sue meraviglie, disse a Dora, la cuoca: "Mia regina, attenta alla signora Topona e alla sua famiglia."

Però Fritz sguainò la sua spada: "Bene! Lascia che vengano! Insegnerò loro un paio di cosette!", ma sopra e sotto il focolare tutto rimase tranquillo.

Quando Drosselmeier legò un pezzo di pancetta a un filo sottile e pian pianino sistemò la trappola accanto all'armadio a vetri, Fritz esclamò: "Attento, orologiaio, non farti ingannare dal Re dei Topi!"

Oh, come si sentiva infelice Marie la sera seguente. Sentiva il braccio freddo come il ghiaccio, non faceva che agitarsi, aveva le guance bagnate di sudore, e di nuovo sentì che le strillavano e squittivano in un orecchio. Il ripugnante Re dei Topi le sedeva su una spalla e dalle sette fauci spalancate colava bava rossa come il sangue. Sgranocchiando e masticando, sibilò nell'orecchio di Marie, piena di terrore e disgusto.

"Zitti, zitti, non entrate in casa, non unitevi al banchetto. È una trappola! Zitta, zitta, dammi tutti i tuoi libri illustrati, e anche il vestito, e anche tutto il resto. Altrimenti lo sai, il povero Schiaccianoci stanotte sparirà. Lo mangeremo e non lo vedrai più! Eh! Eh! Eh! Squit! Squit!"

Marie era tristissima e addolorata. Il mattino dopo era pallida e confusa quando la mamma disse: "Quel maledetto topo non l'abbiamo ancora catturato!", credendo che Marie piangesse per i suoi dolci, e che avesse anche paura del topo, disse: "Ma stai tranquilla, bambina mia, manderemo via quel brutto topo molto presto. Se le trappole non funzionano, allora Fritz porta su il gatto."

Non appena Marie rimase da sola in salotto, andò all'armadio e disse, singhiozzando, allo Schiaccianoci: "Mio caro signor Drosselmeier! Cosa posso fare io, che sono solo una povera bambina infelice, per aiutarti? Posso anche dare via i miei libri illustrati, e anche il mio bel vestito nuovo che mi ha portato Gesù Bambino. Posso arrendermi a quell'orribile Re dei Topi e farmi rosicchiare tutto. Ma per quanta roba gli dia, il Re dei Topi continuerà a volerne sempre di più finché non mi rimarrà più niente. E alla fine mangerà me invece che te. Oh, cosa posso fare, io che sono solo una povera bambina? Cosa?"

Mentre si disperava per quelle privazioni, la piccola Marie notò una grande macchia di sangue lasciata dallo Schiaccianoci la notte precedente. Da quando aveva capito che il suo Schiaccianoci era veramente il giovane nipote di Drosselmeier, aveva smesso di cullarlo, di abbracciarlo e di baciarlo. Anzi, per la timidezza quasi non lo toccava neanche più.

Però adesso lo tolse molto delicatamente dalla mensola e cominciò a strofinare via la macchia di sangue col suo fazzoletto. Improvvisamente, però, si accorse che lo Schiaccianoci diventava caldo e cominciava a muoversi tra le sue mani. Lo rimise subito sullo scaffale. Le labbra dello Schiaccianoci tremarono e lui, con molta fatica, sussurrò: "Ah, carissima signorina Stahlbaum, amica eccellente, quanto ti devo. Non dovrai sacrificare per me i tuoi libri illustrati, e neppure il vestito che ti ha portato Gesù Bambino. Procurami una spada. Una spada, e al resto bado io. Che possa...", e qui lo Schiaccianoci perse la facoltà di parlare e i suoi occhi, che esprimevano una recondita malinconia, si bloccarono e tornarono inanimati. Marie non provò paura. Invece saltò di gioia dal momento che aveva trovato un modo per salvare lo Schiaccianoci senza dover fare ulteriori, penosi sacrifici. Ma dove la trovava una spada per il ragazzo?

Marie decise di chiedere consiglio a Fritz. Perciò quella sera, quando i loro genitori uscirono, i due bambini sedettero da soli nel salotto, accanto all'armadio a vetri. E qui lei raccontò al fratello tutto quello che le era successo con lo Schiaccianoci e col Re dei Topi, e perché era necessario salvare lo Schiaccianoci. Fritz si fece pensieroso come non mai soprattutto -come poi raccontò Marie- per la pessima condotta dei suoi Ussari in battaglia. Di nuovo le chiese con impeto se fosse vero, e quando Marie gli assicurò che era proprio così, Fritz corse all'armadio a vetri, dove tenne un discorso magniloquente. Poi, per punirne l'egoismo e la codardia, strappò le insegne dai cappelli di tutti i suoi Ussari, e inoltre vietò loro di suonare la Marcia degli Ussari per un anno.

Dopo aver pronunciato la sua sentenza, Fritz tornò da Marie dicendo: "Posso procurartela io una spada per lo Schiaccianoci. Ieri ho mandato in pensione un vecchio colonnello dei Corazzieri. Non gli servirà più la sua bella spada tagliente."

Il colonnello consumava la pensione assegnatagli da Fritz nell'angolo più in fondo del terzo scaffale dell'armadio. Fritz lo tirò fuori da lì', gli prese la spada d'argento decorata e la mise al collo dello Schiaccianoci.

La notte seguente Marie era ancora così spaventata che non riusciva a dormire. Verso mezzanotte sentì uno strano baccano, un urlo, un tintinnio provenire dal salotto. All'improvviso ci fu uno squittio. "Il Re dei Topi! Il Re dei Topi!", esclamò Marie e, terrorizzata, balzò fuori dal letto. Ma tutto tornò tranquillo. Però subito dopo qualcuno bussò dolcemente alla porta e sentì una voce gentile:

"Stimatissima signorina Stahlbaum! Non avere paura di aprire. Ho ottime notizie!", Marie riconobbe la voce del giovane Drosselmeier. Si mise la vestaglia e corse ad aprire la porta. Fuori c'era il piccolo Schiaccianoci, con la spada insanguinata nella mano destra e una candelina accesa in quella sinistra. Nel vedere Marie s'inginocchiò e disse.

"Oh, mia signora, solo tu mi hai donato un coraggio cavalleresco e hai dato forza al mio braccio in modo che potessi combattere quel malnato che aveva osato trattarti con disprezzo. Quell'infido Re dei Topi è stato sconfitto e ora giace nel suo sangue. Oh, signora! Non rifiutarti di accettare i segni della vittoria dalla mano del tuo cavaliere, che ti sarà devoto fino alla morte", e con queste parole il piccolo Schiaccianoci abilmente lasciò cadere le sette corone d'oro del Re dei Topi, che portava infilate a un braccio. Porse le sette corone a Marie, che le accettò con gioia.

Lo Schiaccianoci si rialzò e continuò a parlare:

"Ah, mia carissima signorina Stahlbaum! Avendo sconfitto il mio nemico, ti chiedo: cosa posso fare per mostrarti splendide cose? Se tu mi volessi tanto bene da fare solo pochi passi... oh, accetta, accetta, mia carissima signorina!"

Capitolo 12
Il regno delle bambole

Io credo che nessuno di voi bambini avrebbe esitato per un solo istante a ubbidire all'onesto e gentile Schiaccianoci, che non poteva avere in mente proprio nulla di male. E Marie fu più ubbidiente che mai, perché ben sapeva quanto potesse contare sulla gratitudine dello Schiaccianoci. Anzi, era convinta che avrebbe mantenuto la parola e le avrebbe mostrato tante splendide cose.

Perciò disse: "Verrò con te, signor Drosselmeier. Ma non dev'essere lontano o per troppo tempo. Perché ieri notte non ho dormito molto."

"Ecco perché", rispose lo Schiaccianoci, "prenderò la strada più breve, anche se è un po' difficile."

Fece strada, seguito da Marie, finché non si fermò davanti al vecchio, enorme guardaroba all'ingresso. Marie fu sorpresa nel vedere che le porte del guardaroba, che di solito erano chiuse, stavolta erano spalancate, e così tanto che usciva la vecchia pelliccia da viaggio di volpe di papà, che era appesa davanti. Agilmente, lo Schiaccianoci si arrampicò sul bordo e sulle decorazioni in modo da poter afferrare un'enorme nappa che, assicurata a un cordone spesso, pendeva dalla schiena della pelliccia. Quando lo Schiaccianoci tirò forte la nappa, dalla manica della pelliccia calò subito una delicata scala di legno di cedro.

"Prego, carissima signorina", disse lo Schiaccianoci.

Marie salì, ma si era appena infilata nella manica, si era appena sporta dal colletto, che vide brillare una luce accecante. All'improvviso si ritrovò su un prato meravigliosamente profumato dal quale si levavano milioni di scintille intermittenti che parevano gemme sfavillanti.

"Siamo sul Prato di Zucchero Candito", disse lo Schiaccianoci, "Ma dobbiamo attraversare subito quel cancello."

Marie alzò lo sguardo e come prima cosa vide un delizioso cancello a pochi passi dal prato. Il cancello sembrava fatto di marmo bianco e marrone con chiazze color uva passa. Ma quando si avvicinò vide che era fatto interamente di uvetta e confetti alle mandorle. Ecco perché, le spiegò lo Schiaccianoci, il cancello che stavano attraversando si chiamava Cancello dell'Uvetta e dei Confetti. Ma la gente comune lo chiamava indecorosamente il Cancello Spuntino.

In una galleria di quell'ingresso, chiaramente fatta di zucchero d'orzo, sette scimmiette col giustacuore rosso suonavano una bellissima marcia militare russa. Come risultato, Marie a stento si accorse che stava procedendo su mattonelle multicolori che, però, non erano altro che caramelle ripiene. Ben presto i due viaggiatori vennero circondati da profumi dolcissimi che emanavano da un meraviglioso boschetto che si apriva su ambo i lati. Tra il fogliame scuro, l'interno brillava e luccicava così tanto che si potevano vedere frutti d'oro e d'argento che pendevano da rami appariscenti. Steli e fusti erano decorati con nastri e bouquet come allegre coppie di sposi e festanti invitati a nozze. E quando il profumo delle arance fluttuò come lo zefiro, allora i rami e le foglie si misero a cantare sommessamente e le decorazioni dorate cominciarono a sbattere e a sventolare così intensamente che sembravano produrre una musica di giubilo che accompagnava le luci scintillanti, i salti e i balli.

"Ah, com'è bello!", esclamò Marie, raggiante e rapita.

"Siamo nella Foresta di Natale, mia cara signorina", disse lo Schiaccianoci.

"Ah!", disse Marie, "Se solo potessi passare un po' di tempo qui. È troppo bella!"

Lo Schiaccianoci batté le manine e arrivarono alcuni pastori e pastorelle, cacciatori e cacciatrici, così bianchi e teneri che sembravano fatti di zucchero puro e che Marie non aveva notato, anche se passeggiavano nel bosco. Quelli portarono una bellissima poltrona d'oro, vi sistemarono sopra un cuscino di liquirizia e, molto garbatamente, invitarono Marie ad accomodarsi. Non appena si fu seduta, i pastori e le pastorelle cominciarono a danzare un balletto graziosissimo, per il quale i cacciatori suonarono discretamente i loro strumenti. Ma poi tutti loro scomparvero tra i cespugli.

"Perdonami", disse lo Schiaccianoci, "Perdonami, carissima signorina Stahlbaum, per averti offerto una danza così misera. Vedi, i ballerini vengono tutti dal teatro delle marionette, che è controllato da fili, e perciò non possono fare altro che ripetere sempre le stesse cose. Ci sono anche buoni motivi per cui i cacciatori erano così lenti e deboli nel suonare. Il cestino di zucchero è appeso al livello del naso sull'albero di Natale, ma è ancora troppo alto. Passeggiamo ancora un po'?"

"Ma era tutto bellissimo, mi è piaciuto davvero!", disse Marie alzandosi e seguendo lo Schiaccianoci. Camminarono lungo un ruscello che mormorava dolcemente e che sembrava riempire la foresta di profumi meravigliosi.

"Questo è il Ruscello di Aranciata", disse lo Schiaccianoci quando Marie gli chiese cosa fosse, "Ha un bel profumo, ma non è neppure lontanamente paragonabile, in dimensioni e bellezza, al Fiume di Limonata, che a sua volta si riversa nel Lago del Latte di Mandorle."

E infatti ben presto Marie sentì uno sciaguattare più forte, e vide il grande Fiume di Limonata. In onde fiere e color crema, scorreva in piccoli flutti tra arbusti d'un verde lucente e scintillante granata. Un'incredibile sensazione di freschezza, che le riempì il petto e il cuore, sorgeva da quelle acque strabilianti. Non lontano da lì, le acque gialle intense di un'ansa venivano impetuosamente trascinate via emanando profumi dolcissimi. Sulla riva sedevano deliziosi bambini che pescavano fitti pesciolini, e poi li mangiavano sul momento. Quando si avvicinò, Marie vide che i pesciolini erano nocciole.

In lontananza, al di sopra dell'ansa, c'era un villaggio incantevole: le case, le chiese, la parrocchia, i fienili erano tutti d'un marrone scuro ma decorati con tetti dorati, inoltre c'erano innumerevoli muri così colorati che pareva vi avessero attaccato sopra bucce di limone e gherigli di mandorle.

"È Pan-di-zenzeria", disse lo Schiaccianoci, "Sorge sopra il Fiume di Miele e ci abita gente deliziosa. Ma sono quasi tutti scorbutici perché hanno un terribile mal di denti. Ecco perché non ci andiamo."

In quell'istante Marie notò una graziosa, piccola città che consisteva in casette colorate e traslucide. Lo Schiaccianoci puntò dritto in quella direzione e Marie sentì grida entusiaste di gioia. Vide anche migliaia di dolcissime persone che cominciavano a scaricare carri pieni nella piazza del mercato. Ma tiravano fuori solo carta colorata e sbarrette di cioccolato.

"Siamo a Bonbonville", disse lo Schiaccianoci, "È appena arrivato un bastimento dal Paese della Carta e dal Reame di Cioccolato. Non molto tempo fa gli abitanti di Bonbonville vennero malamente minacciati dalla Flotta Ammiraglia delle Mosche. Ecco perché hanno coperto le case coi doni del Paese della Carta e perché stanno edificando mura capaci coi doni inviati loro dal Re del Cioccolato. Però, mia cara signorina Stahlbaum, noi non abbiamo in programma di visitare ogni borgo e villaggio di questo paese. Alla capitale! Alla capitale!", lo Schiaccianoci corse avanti e Marie, curiosa, gli tenne dietro.

Non molto dopo si diffuse il profumo delle rose, e tutto fu

circondato da un dolce, aleggiante bagliore roseo. Marie si accorse che si trattava di una luccicante insenatura rosa, dove l'acqua scorreva in piccole onde rosa e argentate, sprizzando e fluendo come se stesse seguendo note e melodie meravigliose. Su queste acque leggiadre, che si allargavano sempre più come un vasto lago, meravigliosi cigni d'un bianco argenteo con collane d'oro nuotavano e facevano a gara tra loro nel cantare canzoni deliziose. Minuscoli pesci di diamante emergevano a si rituffavano, come se stessero danzando un ballo allegro in quel mare di rose,

"Ah!", esclamò Marie entusiasta, "Ah! Questo è il lago che voleva farmi il padrino Drosselmeier. Davvero. E io sono la bambina che accarezzerà quei cari, piccoli cigni."

Lo Schiaccianoci sogghignò con più sprezzo di quanto Marie gli avesse mai visto fare. Poi disse: "È una cosa che lo zio non sarà mai in grado di fare. Dovrai riuscirci da sola. Ma non pensiamoci troppo. Invece attraversiamo il Lago di Rose e andiamo alla capitale."

Capitolo 13
La capitale

Lo Schiaccianoci batté le manine e il Lago di Rose cominciò a fluire con forza crescente, sollevando onde sempre più grandi. Marie notò che da lontano arrivava un veicolo a forma di conchiglia tirato da due delfini coperti di scaglie d'oro. Il veicolo era fatto di gioielli coloratissimi, allegri e scintillanti. Dodici graziosissimi mori, che portavano cappelli e perizomi fatti di lucenti piume di colibrì intessute, balzarono a riva. Prima portarono Marie e poi lo Schiaccianoci sul veicolo che dondolava dolcemente sulle onde e che poi partì per attraversare il lago. Oh, com'era bello vedere Marie in quel veicolo ondeggiante, circondato dalla fragranza delle rose che aleggiava attorno alle onde rosa. I due delfini dorati sollevarono il naso e spruzzarono in aria alti zampilli di cristallo; e quando gli zampilli cadevano guizzando e tintinnando, sembravano il canto sommesso di due voci belle e garbate.

"Chi nuota nel lago rosato? La fatina, piccolina. Hum, bum, pesciolino! Bel piattino! Cigno, cigno, uccello d'oro, ondeggiando suona, canta, salta, balla. Fatina, vieni subito qui. Onda rosa, ondosa, fresca, limpida, sali, sali su!"

In ogni caso i dodici piccoli mori, che erano balzati sul retro della carrozza, sembrarono aversene a male per il canto degli spruzzi d'acqua. Perché si misero ad agitare i loro ombrellini parasole così forte che le foglie di dattero, di cui erano fatti, si sgualcirono e si ruppero. E pestavano anche i piedi a un ritmo bizzarro: "Clip clap, clip clap, su e giù, danzate Mori, su e giù. Pesciolino, bel cignetto, corri, carro, su e giù. Clip clap, clip clap."

"I mori sono gente allegra", disse lo Schiaccianoci, un po' imbarazzato, "Santo Cielo, farete imbizzarrire tutto il lago!"

E infatti esplose una sconcertante baraonda di voci straordinarie. Sembravano volare nel lago e in aria. Però Marie le ignorò. Invece scrutò le onde di rose profumate e ogni onda le sorrise in rimando col suo sorridente volto di bambina, un volto tanto, ma tanto grazioso.

"Ah!", esclamò Marie, felice, battendo le manine, "Ah, guarda, caro signor Drosselmeier! La principessa Pirlipat è laggiù e mi sorride con tanta grazia. Oh, guarda, signor Drosselmeier!"

Ma lo Schiaccianoci sospirò, quasi rammaricato, e disse: "Oh, cara signorina Stahlbaum, quella non è la principessa Pirlipat.

Quella sei tu. Sempre e solo tu. È sempre il tuo volto grazioso che si riflette da ogni onda di rose."

Marie tirò indietro la testa, chiuse gli occhi e si vergognò moltissimo. Nello stesso istante i dodici mori la sollevarono dalla carrozza e la portarono a riva. Ora si trovava in un piccolo bosco che era bello quasi più della Foresta di Natale, dal momento che lì tutto luccicava e scintillava. Ma in particolare ammirò la strana frutta che pendeva da ogni albero, frutta che non solo era stranamente colorata ma anche straordinariamente profumata.

"Siamo nel Bosco delle Marmellate", disse lo Schiaccianoci, "E quella è la capitale."

Che cosa vide Marie adesso? Da dove potrò cominciare, bambini, a descrivervi la bellezza e lo splendore della città che si stendeva su un pascolo fertile e fiorito davanti a Marie? Non solo c'erano mura e torri risplendenti dei più fantastici colori ma, a proposito delle forme delle case, non esisteva nulla di simile al mondo. Perché invece dei tetti, le case avevano ghirlande delicatamente pieghettate, e le torri avevano in cima il fogliame più colorato che si sia mai visto.

Quando entrarono dalla porta della città, che sembrava fatta di macaroon e frutta candita, alcuni soldati d'argento presentarono i fucili e un omino vestito in abiti di broccato gettò le braccia al collo dello Schiaccianoci e disse: "Benvenuto, carissimo principe, benvenuto a Feliciburgo!"

Marie fu stupita nel vedere che un nobile gentiluomo chiamava principe lo Schiaccianoci. Ma poi sentì tante belle voci che gridavano, esultavano e ridevano di gioia, suonavano e cantavano, che lei non riuscì a pensare a nient'altro. Invece chiese allo Schiaccianoci cosa volesse dire tutto ciò.

"Oh, carissima signorina Stahlbaum", rispose lo Schiaccianoci, "Non è nulla d'insolito. Feliciburgo è una città allegra e popolosa, qui è così tutti i giorni. Andiamo avanti, per favore."

Avevano fatto pochi passi, che arrivarono nella piazza del mercato, che offriva una vista emozionante. Le case circostanti erano chiuse da dolci, c'erano portici su portici, e nel mezzo c'era un'altissima torta a strati glassata come obelisco. Tutt'attorno quattro bellissime fontane gettavano orzata, limonata e altre deliziose bevande dolci. E le vasche erano piene di panna che si poteva portare via a cucchiaiate.

Ma la cosa più bella erano quelle piccole persone. Migliaia di loro si affollavano, testa contro testa, esultando e ridendo, scherzando e cantando. In breve: fecero di nuovo quella baraonda che Marie aveva già sentito da lontano. C'erano signore e gentiluomini eleganti, greci e armeni, ebrei e tirolesi, ufficiali e soldati, e predicatori, pastori e buffoni. In breve: ogni tipo di persona che si possa trovare sulla faccia della terra.

In un angolo il tumulto crebbe, la folla si fece da parte. Poi il Gran Mogol venne portato su una portantina scortata da novantatré grandi e settecento schiavi. Ma nell'altro angolo la corporazione dei pescatori, forte di cinquecento persone, stava facendo la sua parata. E fu anche spaventoso che il Grande di Turchia avesse l'idea di attraversare la piazza del mercato con tremila giannizzeri seguiti dalla messa in scena ambulante dell'opera Il festino interrotto, proprio nel momento in cui la folla partì alla carica della torta a strati cantando e suonando i tamburi: "Oh, grazie potente sole!"

Era tutto uno spingere, tirare, strattonare e strillare! E ben presto anche un piagnucolare. Perché nella folla un pescatore aveva tagliato la testa di un Brahmano e il Gran Mogol era stato quasi travolto da un buffone.

Il baccano aumentò sempre di più e i partecipanti avevano già cominciato a scagliarsi l'uno contro l'altro e picchiarsi, quando l'uomo con l'abito di broccato si arrampicò sulla torta a strati. Era l'uomo che aveva accolto lo Schiaccianoci come principe. Ora, dopo aver suonato per tre volte una sfolgorante campanella, gridò per tre volte: "Pasticciere! Pasticciere! Pasticciere!"

Il tumulto si spense immediatamente e tutti cercarono di aiutarsi l'un l'altro. Poi i garbugli furono sgarbugliati, il Gran Mogol, sporchissimo, si ripulì e la testa del Brahmano venne rimessa a posto. E quindi riprese l'allegro clamore.

"Mio buon signor Drosselmeier, cos'è questa storia del pasticciere?", domandò Marie.

"Mia cara signorina Stahlbaum", rispose lo Schiaccianoci, "Pasticciere è il nome che diamo a un potere sconosciuto ma terrifricante che secondo noi può fare qualsiasi cosa a un essere umano. È la minaccia che pende su questa nazione piccola e allegra. E questa piccola nazione ne ha talmente tanta paura che basta pronunciarne il nome per placare i tumulti peggiori, come ha appena dimostrato il sindaco. Allora ognuno smette di pensare alle cose materiali, come spintoni nei fianchi e botte in testa. Invece si ritrae in se stesso e dice: 'Che cos'è l'uomo? E cosa può esserne di lui?'"

Marie non poté trattenere un'esclamazione di ammirazione, anzi, di estremo stupore. Improvvisamente si ritrovò davanti a un castello rosa tutto luccicante con aeree torrette rosa. Ma qua e là sulle mura erano sparsi odorosi bouquet di violette, narcisi, tulipani e garofani. E i loro colori scuri, intensi erano semplicemente abbacinanti quando facevano risaltare la tinta rosea contro lo sfondo bianco. L'ampia cupola della costruzione centrale e i tetti a piramide delle torrette, erano cosparsi da migliaia di scintillanti stelle d'oro e d'argento. "Siamo davanti al Castello di Marzapane", disse lo Schiaccianoci.

Marie era totalmente assorta dalla visone di quel palazzo incantevole, ma non le sfuggì che mancava del tutto il tetto di una delle grosse torri. Alcuni omini, appollaiati su un'impalcatura fatta di bastoncini di cannella, sembravano intenti a restaurare il tetto. Prima che lei riuscisse a chiedere qualcosa allo Schiaccianoci, lui disse:

"Non molto tempo fa questo bel castello venne minacciato di distruzione, se non addirittura di totale devastazione. Arrivò il Gigante Dentidolci e morsicò quel tetto, e stava già per mangiare la cupola. Però gli abitanti di Feliciburgo gli portarono un intero distretto cittadino, più una notevole porzione del Bosco di Marmellate, come tributo. Lui li mangiò e andò via."

Nello stesso istante si sentì una musica dolcissima e piacevole, i cancelli del castello si aprirono e uscirono dodici paggi che portavano tra le manine dodici steli di trifoglio come lanterne. I paggi avevano una perla come testa, il corpo fatto di rubini e smeraldi e camminavano su piedini bellissimi fatti di oro lavorato. Erano seguiti da quattro dame grandi quasi quanto la Clara di Marie, ma così elegantemente lustre e splendide che Marie non poté non riconoscerle all'istante come principesse nate. Una di questa abbracciò teneramente lo Schiaccianoci ed esclamò, con gioia malinconica:

"Oh, mio principe! Mio caro principe! Fratello mio!"

Lo Schiaccianoci ne fu profondamente commosso. Si asciugò le copiose lacrime dagli occhi, prese la mano di Marie e disse con magniloquenza:

"Questa è la signorina Stahlbaum, la figlia di uno stimatissimo ufficiale medico, colei che mi ha salvato la vita. Se lei non avesse lanciato la scarpa al momento giusto, se non mi avesse portato la spada di un colonnello in pensione, io a quest'ora sarei nella tomba, divorato da quel maledetto Re dei Topi. Oh, la signorina Stahlbaum! È forse da meno di Pirlipat in bellezza, gentilezza e virtù, anche se lei è una principessa nata? Io dico di no!"

E tutte le dame gridarono "No!", corsero ad abbracciare Marie e dissero: "Oh, salvatrice del nostro principesco fratello, meravigliosa signorina Stahlbaum!"

Poi le dame scortarono Marie e lo Schiaccianoci all'interno del castello, un ambiente vasto le cui mura erano fatte di cristalli scintillanti. Ma le cose che a Marie piacquero di più furono le graziose seggioline, i tavoli, le credenze e i secrétaire sparsi dappertutto. Erano fatti di legno di cedro e verzino ed erano tutti cosparsi di fiori dorati. Le principesse invitarono Marie e lo Schiaccianoci a sedersi e poi loro avrebbero preparato da mangiare. Tirarono fuori un sacco di pentolini e scodelle fatti di finissima porcellana giapponese; e poi coltelli, cucchiai, forchette, griglie, casseruole e altri attrezzi da cucina tutti fatti d'oro e d'argento. Poi portarono deliziosi frutti e dolci, come Marie non li aveva mai visti, e delicatamente spremettero i frutti con le loro manine bianche, pestarono le spezie e grattugiarono le mandorle zuccherate. In breve, sapevano cavarsela in cucina. Ed era chiaro che le principesse stavano preparando un pranzo delizioso.

Mentre comprendeva chiaramente che sapevano bene quel che facevano, Marie in segreto desiderava partecipare attivamente al lavoro delle principesse. Come se le avesse letto nella mente, la più bella tra le sorelle dello Schiaccianoci mise in mano a Marie un piccolo mortaio d'oro e le disse: "Dolcissima amica, cara salvatrice di mio fratello, mi pesti lo zucchero candito?"

Marie pestò così allegramente che il pestello suonò con la grazia e il fascino di un bel motivetto.

Lo Schiaccianoci cominciò a raccontare la sua storia, in verità dilungandosi e divagando. Raccontò della spaventosa battaglia tra il suo esercito e quello del Re dei Topi, della sua sconfitta causata dalla codardia delle sue truppe. Lo Schiaccianoci disse anche che quel repellente Re dei Topi voleva mangiarlo, e che perciò Marie aveva sacrificato alcuni dei suoi sudditi.

Durante il racconto Marie si sentì come se le sue parole e lo stesso battere del pestello si allontanassero, si facessero sempre più confusi. Ben presto Marie vide come dei veli argentei che sorgevano come leggeri sbuffi di vapore nei quali si muovevano le principesse, i paggi e lo Schiaccianoci. Sentì un canto, un ronzio, un sibilo in lontananza. E poi si sentì sollevare, come spinta dalle onde, sempre più in alto. Sempre più in alto.

Capitolo 14
Conclusione

"Prr! Pff!", si sentì. Marie precipitò da un'altezza incommensurabile. Quello sì che era un salto! Aprì gli occhi e si ritrovò distesa nel suo lettino. Era pieno giorno e sua mamma le stava davanti dicendo: "Come fai a dormire così tanto? La colazione è già pronta da un pezzo!"

Stimatissimi ascoltatori, vi sarete accorti che, completamente frastornata da tutte le meraviglie che aveva visto, Marie si era alla fine addormentata nella vasta sala del Castello di Marzapane. Poi i mori, oppure i paggi, oppure addirittura le principesse, l'avevano riportata a casa e messa a letto.

"Oh, mamma, mammina. Lo sai dove mi ha portato stanotte il giovane signor Drosselmeier e quante cose meravigliose ho visto?", e le raccontò ogni cosa esattamente, o quasi, come ho fatto io. La mamma restò a bocca aperta per lo stupore.

Quando Marie finì, la mamma disse: "Hai fatto un sogno bellissimo e molto lungo, mia cara Marie. Ma adesso cerca di levarti queste cose dalla mente."

Però Marie insistette ostinata che che non era stato un sogno, che aveva veramente visto tutte quelle cose. La mamma allora la portò all'armadio a vetri, prese lo Schiaccianoci dal suo solito posto sul terzo scaffale e disse: "Bambina sciocca! Come puoi credere veramente che questo pupazzo di legno possa vivere e muoversi?"

"Ma mammina!", esclamò Marie, "Io lo so che quel piccolo Schiaccianoci è il nipote di Norimberga del signor Drosselmeier."

Ma i suoi genitori scoppiarono a ridere fragorosamente.

"Ah, papà", continuò Marie con le lacrime agli occhi, "Ti stai facendo gioco del mio Schiaccianoci anche se lui ha parlato tanto bene di te. Perché quando siamo arrivati al Castello di Marzapane e lo Schiaccianoci mi ha presentato alle sue sorelle, le principesse, lui ha detto che tu sei uno stimatissimo ufficiale medico!"

E stavolta la risata, che proruppe anche da Luise e da Fritz, fu ancora più fragorosa. Perciò Marie corse nell'altra stanza, raggiunse il suo piccolo scrigno, tirò fuori le sette corone del Re dei Topi e le porse alla mamma dicendo: "Guarda, mamma! Queste sono le sette corone del Re dei Topi che il giovane Drosselmeier mi ha dato stanotte come segno della sua vittoria."

La mamma, sbalordita, osservò le minuscole corone. Erano fatte di un metallo totalmente ignoto ma molto scintillante, e lavorate con tale perizia che non potevano essere state fatte da mano umana. L'ufficiale medico non si stancava mai di guardare quelle piccole corone. E sia mamma che papà incitarono Marie a dire dove le avesse prese. E lei non poté far altro che attenersi a quello che aveva già detto.

E quando papà divenne severo, la sgridò perfino e disse che era una bugiarda, Marie scoppiò a piangere e si lamentò: "Povera me! Povera me! Che vi posso dire?"

In quel momento la porta si aprì. Il giudice di corte suprema entrò ed esclamò: "Che succede? Che succede? Perché la mia cara bambina piange? Che succede?"

L'ufficiale medico gli raccontò tutto quel che era successo e gli mostrò le piccole corone. Ma non appena vide le corone, Drosselmeier si mise a ridere e disse: "Sciocchezze, sciocchezze! Queste sono le coroncine che portavo infilate alla catena dell'orologio anni fa. Le regalai alla piccola Marie quando compì due anni. Ve lo siete scordato?"

Né l'ufficiale medico né sua moglie ricordavano. Ma quando Marie vide che i volti dei suoi genitori si erano rasserenati, corse dal padrino Drosselmeier ed esclamò: "Ah, padrino, tu sai tutto. Dillo che lo Schiaccianoci è tuo nipote, il giovane Drosselmeier di Norimberga, e che è stato lui a darmi le corone."

Ma il giudice di corte suprema si acciglò e disse: "Sono solo sciocchezze!"

Al che l'ufficiale medico si mise davanti la piccola Marie e le disse: "Ascolta, Marie. Devi scordarti di queste stupidaggini, di queste fantasie. Se ripeti ancora che quello Schiaccianoci deforme e stupido è il nipote del giudice di corte suprema, ti butto tutte le bambole fuori dalla finestra. Non solo lo Schiaccianoci ma anche tutte le altre, inclusa Mademoiselle Clara."

Ora la piccola Marie non poté più parlare di quel che le passava per la mente. Potete certo immaginare che le sue splendide esperienze fossero indimenticabili. Perfino il mio stimatissimo lettore o ascoltatore Fritz, perfino il suo amico Fritz, voltò le spalle alla sorella quando lei cercò di raccontargli del meraviglioso regno in cui era stata tanto felice. E certe volte, si dice, lui borbottò persino tra i denti: "Sei solo una stupida!"

Ma io non posso credere che l'abbia detto davvero, vista la sua indole già provata. Questo però era certo: dal momento che Fritz non credeva più a quel che gli aveva detto Marie, chiese pubblicamente scusa ai suoi Ussari, chiese scusa per l'ingiustizia che aveva fatto loro patire. Invece delle insegne perdute, li decorò con pennacchi di piume d'oca più alti e più belli, e ridiede loro il permesso di suonare la Marcia degli Ussari. Ma noi sappiamo bene qual è in realtà il coraggio degli Ussari quando si fanno brutte macchie sui farsetti rossi.

Anche se a Marie non era più permesso di parlare delle sue avventure, le immagini di quel meraviglioso paese fatato le aleggiavano attorno come onde dolcemente mormoranti e suoni aggraziati e affascinanti. Ritornava a quei ricordi continuamente, profondamente concentrata. E così, invece di giocare come al solito, sene stava seduta, silenziosa e assorta. E tutti la sgridavano e dicevano che era una piccola "sognatrice".

Un giorno il giudice di corte suprema stava riparando un orologio in casa dell'ufficiale medico. Marie sedeva accanto all'armadio a vetri, persa nei suoi sogni, e scrutava lo Schiaccianoci. E all'improvviso le sfuggì di bocca: "Ah, caro signor Drosselmeier, se tu fossi vivo io non ti tratterei come ha fatto la principessa Pirlipat, io non ti respingerei se per amor mio smettessi di essere un bel ragazzo."

In quel momento il giudice di corte suprema gridò. "Ehi, ehi, quante sciocchezze!", e in quell'istante ci furono un colpo e un rombo tali che Marie svenne e cadde dalla sedia.

Quando si svegliò sua mamma la stava accudendo alacremente, e le disse: "Ma come fa una bambina grande come te a cadere dalla sedia? Il nipote del giudice di corte suprema è appena arrivato da Norimberga. Fai la brava!"

Marie alzò lo sguardo. Il giudice di corte suprema si era rimesso la parrucca e il cappotto giallo e sorrideva, soddisfatto. Con una mano stringeva un ragazzino molto giovane ma molto ben fatto, con un incarnato che pareva fatto di pesche e panna. Indossava uno splendido cappotto rosso con la fodera dorata, scarpe di seta bianca e calze lunghe, e portava un bellissimo bouquet al gilet. Portava anche una bella parrucca incipriata e sulla nuca gli scendeva un bellissimo codino. La piccola spada che portava al fianco scintillava come se fosse stata interamente tempestata di gioielli, e il cappello che portava sotto il braccio sembrava intessuto di boccoli di seta.

I modi cortesi del giovane furono immediatamente dimostrati

dai magnifici giocattoli che aveva portato per Marie. Le offrì anche del delizioso marzapane e le stesse figurine che il Re dei Topi aveva mangiato, ma il giovane aveva anche portato a Fritz una magnifica sciabola.

Durante il pranzo quell'educato ragazzino spaccò le noci per tutta la compagnia. Neppure i gusci più duri potevano resistergli. Con la mano destra si infilava le noci in bocca, con la mano sinistra si tirava il codino e CRAK!, la noce si spaccava in due.

Marie si era fatta tutta rossa vedendo quel ragazzino educato. E si fece anche più rossa dopo pranzo, quando il giovane Drosselmeier la invitò a seguirlo accanto all'armadio a vetri.

"Giocate e siate gentili l'uno con l'altro, bambini", esclamò il giudice di corte suprema, "Posso giocare anch'io, ora che tutti gli orologi funzionano bene."

Ma non appena rimase solo con Marie, il giovane Drosselmeier s'inginocchiò e disse:

"Oh, mia stimatissima signorina Stahlbaum, guarda ai tuoi piedi il tuo felice Drosselmeier, al quale salvasti la vita proprio in questo punto. Sei stata tanto gentile da dire che se fossi diventato brutto per amor tuo, tu non mi avresti rifiutato come ha fatto quella maledetta Pirlipat. E immediatamente io ho smesso di essere uno spregevole Schiaccianoci e ho ritrovato il mio vecchio, e non proprio sgradevole, aspetto. Oh, stimatissima signorina, fammi felice concedendomi la tua preziosa mano. Dividi con me la corona e il regno, governa dal mio Castello di Marzapane, perché ora io sono re lì."

Marie fece alzare il giovane e disse, pacata:

"Caro signor Drosselmeier, sei una persona tanto gentile. E dal momento che governi anche un bel paese con un popolo tanto allegro e attraente, ti accetto come mio fidanzato!", e da quel momento Marie divenne la fidanzata del giovane Drosselmeier.

Un anno dopo, ci hanno detto, lui andò a prenderla su una carrozza d'oro trainata da cavalli d'argento. Ventiduemila tra le figurine più splendide danzarono tra decorazioni di perle e diamanti.

Probabilmente ancora adesso Marie è regina di una terra dove ci sono dappertutto scintillanti Foreste di Natale e traslucidi Castelli di Marzapane. In breve, le cose più splendide e meravigliose del mondo, se solo abbiamo gli occhi per vederle.

E questa era la storia dello Schiaccianoci e il Re dei Topi.

FINE